첫눈이 내려

첫눈이 내려

진희 장편소설

사□계절

차
례

엘리베이터
≈
007

10주 전
≈
009

9주 전
≈
022

8주 전
≈
044

7주 전
≈
063

6주 전
≈
086

5주 전
≈
105

4주 전
≈
126

3주 전
≈
147

2주 전
≈
168

1주 전
≈
185

어제
≈
203

오늘
≈
211

문자메시지
≈
218

작가의 말
≈
222

엘리베이터

엘리베이터 문이 닫혔다.

습관적으로 7을 눌렀다. 엘리베이터가 조용히 하늘 쪽으로 올라갔다. 두 발이 어지럽게 서성였다. 오늘따라 엘리베이터 안이 더 비좁게 느껴졌다.

엘리베이터가 멈췄다. 7층. 스르르 문이 열렸다. 집으로 가는 문. 몇 걸음만 걸어 나가면, 현관문 비밀번호를 누르면, 그러면.

손톱을 물어뜯다가 닫힘 버튼을 때렸다. 천천히 닫히는 문이 온몸을 조여 오는 것만 같았다. 다시금 좁은 엘리베이터 안을 맴돌았다.

두려움은 순간이겠지. 아주 사라지면 눈물은 안녕일 테니까. 가슴을 짓누르는 아픔도, 축축하고 어두운 동굴 같은 외로움도, 모두 안녕. 나 때문에 생겨난 상처들도 이제는 끝.

결심하자마자 맨 위의 숫자를 꾹 눌러 버렸다. 한없이 높고 먼 그곳으로 엘리베이터가 올라가기 시작했다. 잠시라도 가만히 좀 있고 싶은데 발이 말을 듣지 않는다. 제멋대로 움직이는 두 발을 따라 내 마음도 불안하게 떠돌았다. 등에 멘 가방이 무겁다. 7층에다 내려놓고 올걸 그랬다.

엘리베이터가 다시 멈췄다. 마지막 층이다.

문이 열리고 엘리베이터 밖으로 나섰을 때, 새가 지저귀는 소리가 났다. 하늘과 가까워서라고 착각했는데, 나를 부르는 문자 수신음이었다.

10주 전

지원

나한테는 도무지 스토리가 없단 말이지.

드라마틱한 것까진 바라지도 않는다. 그저 남들과 조금 다른 어떤 것. 이야깃거리가 될 수 있을 사소한 비밀. 하다못해 엉덩이에 못생긴 점이라도 하나 박혀 있었으면. 그랬으면 너한테만 말해 주는 건데 말야, 하며 특별한 순간을 누릴 수 있을 텐데.

혜서 때문이다. 아침부터 이런 생각을 하게 된 이유.

"지원. 밥 안 먹고 뭐 해? 그러다 지각하겠다."

"엄마."

"왜."

"사실은 나 엄마 딸 아니지?"

엄마가 두 눈을 휘둥그레 떴다. 안 그래도 둥글둥글한 눈이 알사탕만 해졌다. 나랑은 하나도 닮지 않은 저 눈만 봐도 뭔가 있을 거야, 라고 생각하는 순간.

"그걸 어떻게 알았어? 누가 그래? 대체 누가 그런 어마어마한 비밀을 우리 딸한테 발설한 거래?"

우리 엄마, 완전히 태연자약이시다. 쳇. 진짜 숨겨진 비밀이었다면 나라도 이렇게는 반응 안 하겠다.

"어젯밤에 아빠가 잠꼬대로 그러던걸?"

"그런 중대 비밀을 잠결에 토해 놓다니. 아빠 입단속 좀 확실히 시켜야겠네."

어휴. 딸이 북을 치면 옆에서 적당히 장단만 맞춰 주면 될 것을. 이건 뭐 장구 소리가 북소리보다 더 요란한 형국이다.

"뭐, 그러시든가."

나는 심드렁하게 대꾸했다.

"그런데 지원. 부부 침실엔 함부로 들어오는 거 아니랬다."

"그렇게 금슬이 좋으시면서 왜 나 하나로 끝냈대?"

"금슬이 좋아야만 애를 많이 낳는다는 편견을 버려."

하긴 엄마 말도 일리가 있다. 소영이네 집이 그 생생한 증거다.

"엄마."

"또 왜."

"우리 집엔 무슨 비밀 같은 거 없어?"

"비밀? 무슨 비밀?"

"출생의 비밀 그런 거."

"없는데?"

"난 엄마 별로 안 닮았잖아."

"안타깝게도 우리 딸이 미모의 엄마 대신에 무난한 아빠 쪽을 더 닮았지."

그건 나도 상당히 안타깝게 생각하는 점이다. 엄마가 키는 살짝 아쉽지만, 얼굴은 어디 내놔도 빠지지 않으니까.

"아빠 쪽도 많이는 아니지."

"그래도 없어."

"그러지 말고 생각 좀 해 봐."

"없는 비밀이 생각한다고 생겨?"

"나란 아이, 도무지 스토리가 없단 말이지."

"스토리? 뭔 스토리?"

"어제 독백 수업도 망쳤단 말이야. 일단 나만의 독특한 스토리를 소재로 독백 대사부터 짜야 하는 건데, 도통 뭐가 있어야지."

"곧 죽어도 연기에 소질 없다는 소린 안 해요."

"엄마, 지금 소질 얘기하는 거 아니거든? 스토리 얘기하는 거거든? 그리고 내가 연기 학원 다닌 지 일 년이 됐어, 이 년이 됐어? 이제 겨우 한 달이야, 한 달. 그런데 벌써부터 소질 타령이셔?"

"너야말로 스토리 타령 그만하고 밥이나 드시지?"

나는 숟가락을 내려놓았다.

"배불러."

"참새 눈물만큼 먹고선 배가 불러?"

"나 요즘 다이어트 중이야."

"하긴 얼굴이 안 되면 몸매라도 돼야지."

"엄마 닮아서 크다 만 키로 몸매가 잘도 되겠다."

"언제는 엄마 안 닮았다더니, 지조 없게 그새 노선을 바꾸시나?"

"엄마랑 딸 사이에 지조는 무슨. 엄마가 그렇게 나올 때마다 내 진짜 친엄마 찾아가고 싶어진다니까?"

"지원. 진짜 엄마랑 친엄마, 둘 중에 하나만 해라."

"그게 그거지, 뭐."

가방을 메고 현관으로 나서는데 엄마가 뒷덜미를 잡아채듯 말했다.

"아빠한테 인사하고 가."

"아빠는 샤워 중."

"아무튼. 출필곡 반필면이랬어."

"출 뭐? 그거 먹는 거야?"

엄마가 눈초리를 새치름하게 올렸다. 그래 봐야 하나도 사납지 않았다. 나는 안방으로 쪼르르 뛰어가, 욕실 문에다 대고 소리를 높였다.

"아빠! 나 학교 가!"

안에서 물소리에 섞인 아빠의 당부가 흘러나왔다.

"잘 다녀와! 차 조심하고!"

"아빠도!"

현관까지 따라 나온 엄마가 한 손을 얼굴 높이로 치켜들었다. 엄마 손에 내 손을 가볍게 부딪쳤다.

"멋진 하루!"

엄마가 아침 구호를 외쳤다. 오글거렸지만 웃음으로 엄마를 따라 읊었다.

"멋진 하루."

엘리베이터 문이 닫힐 때까지 엄마는 현관문을 열어 놓고 서서 미소를 듬뿍 머금은 채 나를 지켜보았다.

엘리베이터에서 내리자 저만치 출입구 쪽에서 나를 기다리는 소영이가 보였다. 여느 날처럼 오늘도.

"지원아!"

저 부름과 웃음. 든든하고 편안해야 마땅했지만 오늘은 뭔가 좀 그랬다. 아니, 어제부터인지도 모르겠다. 소영이한테는 미안하지만, 이러는 이유도 어쩌면…… 혜서다.

아직도 어제를 잊을 수가 없다. 담임과 함께 혜서가 우리 반 교실로 들어서던 아침. 쿵쾅쿵쾅, 가슴속으로 코끼리 발소리가 지나가던 그 순간을.

소영

혜서와는 6학년 때 같은 반이었다.

중학교 3년 내내 같은 학교에 다녔다는 지원이보다 내가 먼저 혜서를 알았다. 알았다는 것이 친했다는 뜻은 전혀 아니지만, 어쨌든. 지원이에겐 아직 말하지 않았다. 아직은 말하고 싶지 않은 마음. 그게 어떤 맥락인지는 나도 잘 모르겠다.

말하지 않는 것도 거짓말인 거라고, 엄마는 아빠랑 싸울 때마다 퍼붓고는 했다. 그토록 자주 싸워 대면서 동생을 넷씩이나 두게 만들다니. 참 이상한 사람들이다.

중학생이 되고 얼마 후 남자와 여자가 어떻게 아이를 만드는지 제법 구체적으로 알게 되었다. 엄마와 아빠가 그러는 모습이 그려졌고, 토할 뻔했다. 지금은 그 정도까지는 아니지만, 싫은 건 마찬가지다.

싫은 게 그것뿐일까. 아이들 다툼과 울음소리가 끊이지 않는 집도 싫고, 난데없이 전학 온 혜서도 싫고, 그런 혜서에게 선망의 눈길을 숨기지 않는 지원이도 싫……, 아니다. 지원이는 싫지 않다. 지원이마저 싫으면 세상이 막다른 골목 같을 테니까.

"어, 혜서다!"

지원이가 감탄조로 중얼거렸다. 지원이의 눈길이 가닿은 곳은 교문 앞. 길게 늘어뜨린 혜서의 연갈색 머리칼이 눈에 들어왔다. 그 앞에서 심장욱 선생님이 혜서를 내려다보고 서 있었다.

"심장한테 걸렸나 보다."

나는 조금 고소한 심정으로, 그러나 그걸 들키지 않으려고 말투에 신경을 쓰며 말했다.

지원이가 고운 울상을 지으며 물었다.

"머리 색깔 때문이겠지?"

"누가 봐도 염색한 거 같잖아."

혜서의 머리색에 대해 알면서도 나는 심장욱 선생님을 두둔하는 입장으로 대답하고 말았다.

"염색한 거 아닌데."

변명하듯 지원이가 중얼거렸지만 못 들은 척했다. 지원이 걸음이 빨라졌다. 내 걸음도 지원이를 따랐다.

교문에 다가서자 혜서와 심장욱 선생님 사이에 오가는 말들이 또렷이 들렸다.

"원래 이래요."

"엄마한테 전화해 보시라."

"엄마는 왜요?"

"원래 그런 거면 엄마가 확인해 주시겠지."

"엄마 없어요."

"왜 없어? 돌아가셨어?"

저런 소리를 담담하게 주고받다니. 혜서와 심장, 막상막하다.

"아뇨, 여행요. 아프리카로. 그래서 전화 못 받아요."

내가 알기로 혜서 엄마는 대학교수다. 학기 중에 오지 여행이라니. 그러므로 저건 새빨간 거짓말. 정작 혜서는 태연했다.

"아프리카라."

느긋하게 되짚으며 심장욱 선생님이 빙글빙글 웃었다. 한 걸음 앞으로 내딛는 나를 지원이 목소리가 앞질렀다.

"원래 그래요, 쌤. 제가 알아요. 중학교 때도 내내 그랬어요."

심장욱 선생님이 혜서의 어깨 너머로 지원이를 보았다. 혜서도 고개를 돌렸다. 지원이가 누구에게랄 것도 없이 방긋 웃었다. 혜서와 눈이 마주쳤지만 나는 웃지 않았다.

내가 해 주려던 말이었다. 지원이가 말하기 전에 내가 말해 주려 했다. 염색한 게 아니라 원래부터 머리 색깔이 그랬다고, 혜서 때문에 발을 동동 구르다시피 하는 지원이를 위해 내가 나서서 확인해 주려고 그랬다.

나는 늘 그렇다. 항상 생각만 굴려 대다 적당한 시기를 놓친다. 가벼워 보일지라도, 마음보다 말이 더 빨랐으면 좋겠다는 후회가 뒤따르곤 한다.

"초등학교 땐 안 그랬는데."

후회 덕분에 툭 내뱉어 버렸다. 그러나 어설픈 내 거짓말은 곁을 와르르 지나쳐 가는 아이들 웃음소리에 묻혔다. 심장욱 선생님도 지원이도 듣지 못한 눈치인데, 혜서만이 내 눈을 정면으로 쳐다보았다.

들었을까. 돌이킬 수 없는 죄라도 지은 것처럼 가슴이 두근
거렸다. 그러나 혜서는 묵묵했다. 머리칼과 똑같은 색깔의 눈
동자가 유난히 깊었다.

이렇게 가까이에서 혜서의 눈을 바라본 적이 없었다. 늘 먼
발치였다. 혜서와 나는 물과 기름처럼 결코 섞일 수 없는 부류
였다. 열셋 그때는 혜서가 물이고 내가 기름이라 생각했는데.

"진짜예요, 쌤."

지원이가 애원하듯 말했다.

"지원. 네가 얘 대변인이냐?"

심장욱 선생님의 물음에 지원이가 혀를 쏙 내밀었다 넣으
며 배시시 웃었다.

"알았어. 그런데, 아프리카 그건 거짓말이지?"

앞은 지원이에게, 뒤는 혜서에게 건넨 말이었다. 이번에도
혜서는 친구에게 말하듯 천연스럽게 대꾸했다.

"알래스카였던가?"

"뭐?"

이놈 봐라, 하는 웃음이 심장욱 선생님에게서 흘러나왔다.
지원이가 덩달아 웃었다. 지원이를 따라 나도 웃었다.

혜서는 웃지 않았다. 그냥, 서 있었다. 마치 여기에 없는 듯
이. 그러므로 열일곱 지금은 혜서가 기름이다. 둥둥 저 홀로 뜬.

혜서

"아프리카야, 알래스카야?"

순진무구한 얼굴을 하고서 지원이라는 이름의 아이가 물어 왔다. 지원이 옆을 그림자처럼 따르며 소영이는 조용했다. 내가 저를 기억하는지, 그런 건 개의치 않는 듯 보였다. 실내화로 갈아 신을 때 지원이가 다시 말을 걸었다.

"어느 쪽이야? 궁금해."

조금 성가셨다.

"그게 왜 궁금한데?"

"왜냐면, 음……. 두 군데 다 언젠가는 나도 가 보고 싶은 곳이니까. 어느 쪽이든 갔다 온 사람한테 미리 들어 두면 나쁠 거 없잖아."

넉살도 좋다. 설령 우리 엄마가 그중 한 군데를 다녀왔대도 너한테 시시콜콜 말해 줄 리가 없잖아? 라고 쏘아붙이는 대신 짧게 잘라 물었다.

"나, 알아?"

"응?"

지원이가 어안이 벙벙하다는 듯 크지도 않은 눈을 휘둥글렸다.

"나는 너 모르는데."

"아, 그렇겠다. 나는 지원이야. 심지원."

심, 지원. 조금 전 교문 앞에서 선생님이 '지원'이라 부르기에 외자 이름인 줄 알았다.

"너는 송혜서지? 너하고 나, 같은 중학교 다녔어. 그래서 나는 너 알아. 너는 나 잘 모르겠지만."

대놓고 밀어내는데도 반갑게 자기소개나 줄줄 늘어놓다니. 붙임성이 좋은 편인지 맹한 건지, 제 말마따나 잘 모르겠다.

"뭐, 같은 반 된 적은 없으니까 모르는 게 당연하겠다."

말해 놓고선 지원이가 에헤헤 웃었다. 머쓱하겠지, 생각하면서도 맞장구를 쳐 주지는 않았다. 이런 아이들은 신나서 들이대다가 제풀에 지쳐 떨어져 나가는 법이다. 전학에 얽힌 사연을 알게 되면 더더욱.

"아, 참. 얘는 내 짝 소영이야. 이소영. 우린 같은 아파트 살아. 동은 다른데 둘 다 7층. 신기하지?"

별게 다 신기하다. 우리 집도 7층이라고 말해 주면 아예 까무러치겠다. 그나저나 소영이 쟤는 자기 집 얘기 하는 거 무지 싫어했는데.

예전에 소영이네 집을 본 적이 있다. 가 본 적이 아니라 지나가다 본. 한여름. 길을 향해 환히 열린 현관문. 반지하의 비좁은 공간에 어린애들 여럿이 엉켜 뭔가를 서로 먹겠다고 다투던 모습.

소영이네 집인 줄 처음엔 몰랐다. 아이들을 나무라는 앙칼진 목소리에 아이 중 하나가 울음을 터뜨렸다. 그러고 나서 문밖으로 나온 누군가가 계단을 타닥타닥 뛰어 올라오다 나와 눈이 마주쳤는데, 그게 소영이였다.

그 뒤로 학교에서 소영이를 볼 때면 늘 그 광경이 겹쳐지곤 했다. 나를 보던 소영이의 텅 빈 눈빛도.

"이사 왔어."

조용하던 소영이가 불쑥 말했다. 나는 갑자기 날아온 공을 받아 든 아이처럼 소영이를 돌아보았다. 소영이가 덧붙였다.

"올봄에."

물어본 적 없는데? 라고 받아치지 못했다. 왜냐하면, 나를 쳐다보는 소영이의 눈빛이 눈에 익어서. 금세 깨질 듯 얇은 유리처럼 연약하고 불안한 저 눈동자. 그 애랑 닮았다.

"잘됐네."

무심코 말했다. 소영이 눈동자가 살짝 흔들렸다. 지원이가 고개를 갸웃했다. 나는 소영이와 지원이 둘 다 외면했다. 복도를 총총 걸어가는데, 지원이가 옆으로 따라붙었다.

"혜서야, 너 소영이 알아?"

짝인 데다 등교를 같이 할 만큼 친한 모양인데 소영이에게서 아무 얘기도 듣지 못했나 보다. 어떤 이유에서인지는 몰라도 소영이가 나에 대해 말하고 싶지 않았던 거라면, 나 또한 그렇게.

"몰라."

"근데 왜 서로 알고 지내던 사이처럼 말해?"

"그런 적 없어."

"내 눈엔 그런데? 아닌가? 이상하네. 아무튼, 네가 우리 학교로, 그것도 우리 반으로 전학 와서 무지무지 반가워."

넘치는 반가움에 손이라도 덥석 잡을 기세다. 속이 빤히 들여다보이는, 잘 닦인 거울 같은 애. 나쁘진 않지만, 함께 웃어 주거나 내민 손 마주 잡아 줄 마음까진 들지 않는다. 지금의 난 너무 지쳐서, 누구를 들여놓을 만한 공간이 내 안에는 없다.

강제 전학, 이라고들 했다.

뭐라고 하건 개의치 않는다. 어차피 다 상관없는 일이다. 처음부터 그랬다. 나는 아무 잘못이 없노라고 꾸역꾸역 말하고 알리는 일, 차마 할 수가 없으니까. 그건, 그런 선택까지 해야 했던 그 애한테 너무나도 불공평한 일이니까.

소영이랑 닮은 그 애. 지금…… 어떻게 지내고 있을까.

9주 전

지원

수업 중에 나도 모르게 자꾸만 대각선 방향으로 고개를 돌리게 된다. 혜서가 앉아 있는 맨 뒷자리. 며칠째 혜서는 짝 없이 혼자다.

우리 반은 매달 첫 번째 월요일이면 먼저 온 순서대로 마음에 드는 자리를 골라서 앉는다. 당연히 짝도 바꿀 수 있다.

이제 곧 10월. 10월 첫 월요일에는 좀 일찍 와서 혜서 자리를 맡아 줘야겠다. 기왕이면 내 짝꿍으로. 혜서가 기꺼이 받아들일지는 모르겠다. 굳이 싫다고 하지는 않을 것 같다.

사실 더 맘에 걸리는 건 소영이다. 학교에 나란히 같이 와서 짝꿍 자리를 혜서에게 내주면 몹시 서운해할 게 분명하니까. 그렇다고 아침마다 기다리는 줄 알면서 먼저 학교에 와 버릴 수도 없고. 혜서가 전학 온 이튿날 아침에 느꼈던 '뭔가 좀 그런' 마음이 이런 거였나 보다.

소영이가 싫어져서는 물론 아니다. 늘 곁에 붙어 있는 소영이 때문에 한 반이 되고도 혜서에게 선뜻 다가갈 수가 없다는 거. 그게 싫은 거다.

중학교 때는 혜서와 한 번도 같은 반이 되어 보지 못했다. 독특한 분위기의 친구들과 어울려 다니던 혜서를 멀리서 바라보기만 했다. 그 무렵 혜서는 나와 전혀 다른 세계에 속한 아이였다. 저 높은 데서 신비롭게 반짝이던 별. 색깔로 치면 보랏빛. 나 같은 애가 아무리 발돋움을 해 봐도 닿지 않는.

그럼 지금은? 지금은 어쩐지 손만 뻗어도 가까워질 수 있을 것 같은 예감. 신난다!

"지원!"

이 익숙한 목소리는…… 심장!

나는 발딱 일어섰다. 심장욱 선생님이 미간에 가는 주름을 그린 채 나를 보고 있었다. 며칠 전 교문 앞에서 그랬던 것처럼 나는 소르르 웃음 작전으로 나갔다. 웃는 얼굴에 침 뱉는 사람은 없…….

"웃지 마시라."

있다.

"지원, 너 남친 생겼냐?"

"네?"

"대답하시라."

후유. 사소한 것부터 중차대한 일까지 툭하면 이성 문제로 풀어내리는 저 진부한 사고방식이라니. 심장도 별수 없나 보다.

"안 생겼는데요?"

"당연히 안 생겼겠지. 그 얼굴에 생겼다 그래도 안 믿었다."

제 얼굴이 어때서요? 이 정도면 우리나라 여고생 평균은 된다고요, 라고 주장하고 싶지만. 심장한테 그래 봐야 본전도 못 건질 게 뻔하니 참기로 한다.

"참 나. 안 믿을 거면서 왜 물으시는데요?"

"거룩한 국어 시간에 딴생각하면서 혼자 실실 웃어 대니까 그러지."

내가 그랬나? 더구나 실실? 어휴. 혜서가 봤으면 뭐 저런 명청한 애가 있나, 생각했을 거다.

"쌤 수업이 기똥차게 재미있어서 그랬나 봐요."

"연기 학원 다닌다는 녀석이 거짓말 하나 그럴듯하게 못 해?"

나는 입을 비죽 내밀었다.

"너 지금 종씨끼리 안 봐준다고 투덜대고 있지?"

"그러려고 했는데 쌤이 한발 빠르셨네요."

"내가 지난 여름방학 때 고향 내려가 족보를 좀 뒤져 봤는데 말이야. 너, 우리 할머니뻘이더라?"

"하, 하, 할머니요?"

"그래. 하, 하, 할머니. 이제부터 심 할머니로 받들어 모셔야 할까 봐."

우하하하, 왁자한 웃음소리가 교실을 채웠다. 옆에 앉은 소영이까지 마음껏 쿡쿡거리는 중이었다. 애먼 소영이만 노려보다가 혜서와 눈길이 마주쳤다. 책상을 치며 웃어 대는 아이들 속에서 웃지 않고 무덤덤한 건 혜서뿐이었다.

마치 섬 같다고 할까. 나무 한 그루 풀 한 포기 자라지 않는 외로운 바위섬. 출렁이는 파도를 온몸으로 받고서도 의연히 버티고 앉은.

혜서야, 무슨 일이 있었니. 우리 학교로 강제 전학이라는 걸 오게 되기까지 너한테 무슨 일이 있었던 거니. 무슨 일이 있었기에 해사하던 웃음마저 다 지워진 거니.

가슴속으로 온갖 물음이 차올랐다. 그건 어쩌면 가까이에 존재하면서도 저기 있어 먼, 혜서에게로 걸어가는 내 마음이었다.

"심 할매, 수업 끝나고 교무실로 오시라."

깐족대는 심장욱 선생님에게 나도 한 방을 날렸다.

"네네, 늙은 손자님."

아이들이 다시 깔깔깔 웃음을 터뜨렸다. 나는 여전히 무표정한 혜서를 잠시 바라보다 자리에 풀썩 앉았다.

소영

- 심장이 뭐래?

야간 자율 학습이 끝나 갈 즈음, 온종일 꺼 두었던 휴대폰을 켜고 학원에 있을 지원이에게 문자를 보냈다. 오후 내내 궁금했지만 물어볼 기회를 놓쳤다.

보충수업을 마치자마자 학원에 가려고 바삐 가방을 챙기던 지원이의 눈길은 혜서에게로 닿아 있었다. 정확히 말하면 혜서의 등에.

지원이는 연기 학원에 가는 날만 일찍 가지만, 혜서는 매일 야간 자율 학습을 하지 않는다. 그러니 오늘은 둘이 같이 나갔을까? 그것도 궁금하다.

어둠이 깔린 운동장으로 나섰을 때에야 지원이에게서 답이 왔다.

- 그냥.

솔직한 답이 아니라고 느꼈으면 말 그대로 '그냥' 넘어가야 하련만.

- 비밀이야?

슬며시 묻게 된다. 머뭇거림일까. 이번에도 지원이의 답은 잠시 틈을 두었다가 날아왔다.

- 아니야.

- 그럼?

- 혜서 때문에.

26

– 혜서가 왜?

혜서랑 거리를 두라는 이야기일 거라 생각했다. 아무 문제도 없는데 강제 전학이라는 걸 당하진 않는다는 것 정도는 나뿐 아니라 우리 반 애들 모두가 안다. 아마 혜서는 선생님들 사이에 요주의 인물로 찍혀 있을 것이다.

저번 학교에서 혜서에게 일어난 일들을 들을 수 있을까 하고 물은 건데, 뜻밖의 대답이 날아들었다.

– 소영아, 우리 동아리에 혜서도 들면 어떨까?

– 신입 모집 기간도 아니잖아.

문자라서 다행이다. 얼굴을 보며 말하는 중이었다면 불편한 내 심경이 얼굴에 드러났을지도 모르니까.

– 심장 생각이야.

한 교실에서 날마다 얼굴 보는 것만으로도 모자라서 주말에 동아리에서까지? 심장욱 선생님은 왜 하필이면 그런 제안을 한 걸까?

– 넌 싫어?

지원이가 단도직입적으로 물어 오니 속내를 들킨 듯 당황스러웠다. 나는 황급히 답문을 했다.

– 아니.

이내 활짝 웃는 이모티콘과 함께 고마워, 라는 문자가 도착했다. 만약 지원이가 지금 앞에 있었다면, 뭐가 고마운데, 하고 퉁명스레 내뱉었을 것이다. 지원이에게서 다시 문자가 왔다.

- 아까 동아리 단체 대화방에 들어갔었거든. 근데 애들이 싫대.

다른 아이들하고는 벌써 다 이야기를 한 거였다. 스마트폰이 없는 나만 늘 이렇게 뒤처진다. 새삼스레 소외감이 밀려들었다. 지원이에 대한 서운함도. 다른 아이들한테는 벌써 했던 얘기를 단짝인 나한테는 왜 망설이듯 더듬더듬 꺼내 놓았는지, 그 점도 서운했다.

- 너도 싫다고 할까 봐 걱정했어.

- 내가 왜.

- 그냥.

그냥, 이라는 말. 참 여러 가지 상황에 쓰인다. 아마 지금은 막연한 짐작 같은 거겠지. 그렇다면 지원이 짐작이 맞았다.

- 그럴 리가 없잖아.

마음에 없는 말을 문자에 담아 보내며 씁쓸했다.

- 그렇지?

- 응.

- 고마워, 소영아.

있잖아, 지원아. 사실은 나도 싫어. 혜서가 우리 동아리에 들어오는 거. 혜서가 너랑 나 사이에 끼어드는 거. 네가 나보다 더 자주 혜서를 바라보는 거. 혜서 때문에 네가 나한테 고맙다고 말하는 거.

흠집투성이 낡은 휴대폰을 들여다보며 나는 지원이에게는 보내지 못할 문자를 마음에만 꼭꼭 새겼다.

혜서

밤이 깊도록 깨어 있으면 아침이 다시는 오지 않을 것처럼 느껴지기도 한다.

캄캄한 밤이 영원히 계속될 것만 같은 기분. 그런 기분에 사로잡히지 않으려면 되도록 일찍 잠들어야 했다. 밤이 되어도 혼자뿐인 빈집에서는 더욱.

방의 모든 불을 끄고 이불을 머리끝까지 덮어쓰고서 오지 않는 잠을 불러들이고 있을 때, 머리맡의 전화가 울렸다. 휴대폰 속에 든 이름은 재서. 반짝, 마음에 등이 하나 켜진다.

"왜."

그럼에도 담담하게 받는 건 그 애의 일 이후에 생긴 습관이다.

—잠 안 오지? 나와.

"자고 있었어."

—그래도 나와.

막무가내가 멋인 줄 아나 보다.

"네가 내 남친이야?"

—남친 필요해? 그럼 딱 한 시간만 남친 해 줄게.

"미친."

—미친이 아니고 남친.

잔잔한 웃음이 어른대고 있을 얼굴이 그려졌다. 이렇게, 폭풍이 휘몰아치고 간 뒤에도 변함없이 그대로인 사람도 세상에는 있다.

"어디야?"

―상가 앞 편의점.

헝클어진 머리에 점퍼 후드를 뒤집어쓰고 집을 나섰다. 횡단보도에서 신호를 기다리고 서 있으려니까, 맞은편 편의점 창가에 앉은 오빠가 나를 향해 손을 까딱였다. 나는 마주 손 흔들지 않았다.

반가워하는 것, 기뻐하는 것, 소리 내어 즐겁게 웃는 것, 마음껏 떠드는 것. 그런 것들이 쑥스러웠다. 나답지 않게. 나다운 것이 어떤 것인지도 까마득하다.

편의점으로 들어서는 내게 오빠가 대뜸 물었다.

"반갑지?"

나는 짐짓 인상을 썼다. 거리가 내다보이는 창가 쪽에 오빠와 나란히 앉았다. 혼자였다면 막막했을 밤거리의 불빛들이 따듯해 보였다.

"엄마는 아직일 거고, 송혜서는 보나 마나 저녁도 아직 안 먹었을 거고. 자, 우선 컵라면부터."

내 앞으로 들이민 컵라면에서 김이 솔솔 솟았다. 오빠가 나무젓가락을 반으로 갈라 주었다.

"그거 다 먹고 나면 맥주 한 캔 쏜다."

"한 캔씩이나?"

"심했나? 그럼 한 모금."

"하여튼 허풍은."

나보다 겨우 한 살 많은 오빠가 흐흐, 산전수전 다 겪은 어른처럼 웃었다.

나는 알맞게 익은 면발을 나무젓가락으로 감아올렸다. 후후 불어 가며 먹었다. 맛있어서 눈물이 나려 했다. 겨우 컵라면 따위에 눈물은 오버도 심하게 오버다.

전투적으로 먹어 대고 있으니 오빠가 말했다.

"배고팠구나."

아니라고 벅벅 우기고 싶었다. 가족끼리는 비밀이 없어야 한다던 아빠 말이 협박처럼 떠올랐다. 지금 나에게 그런 의미의 '가족'은 송재서 단 한 사람뿐. 하나뿐인 가족에게 솔직해져도 좋겠지.

"그랬나 봐."

"많이 먹어."

"많이 있어야 많이 먹지."

부러 툴툴거려도 편안한 사람. 지금은 오빠뿐이다. 오빠가 삼각 김밥도 사다가 내 앞으로 밀어 주었다.

"아빠도 아직이야?"

"저녁은 먹었다."

한 살 위면서 속 짚는 건 열 살쯤 위처럼 군다. 나는 그만 울컥해졌다.

"미안해."

"뭐가."

"나 때문에."

엄마랑 아빠가 이 나무젓가락 두 쪽처럼 쫙 갈라져 버린 거. 우리 가족이 둘로 나뉘어 따로 살게 된 거. 다 나 때문에.

너 때문이 아니라고 섣부른 위로를 하려 드는 대신 오빠는 차분히 말했다.

"시간이 필요한 일이 있다더라."

나도 안다. 다만, 상처가 아물기까지 그 시간이라는 게 얼마나 필요한지 모를 뿐이다. 그리고 필요한 만큼의 시간이 지나면 과연 원상 복귀가 될 수 있는지도. 이따금 흉터를 들여다보며 서로 할퀴게 되지 않는다고 누가 보장할 수 있으랴.

"그런 거야?"

"그런 거야."

"잘난 척은."

크크크, 오빠가 또 웃었다. 오빠의 웃음을 곁에 두고 삼각 김밥을 먹었다. 훌륭한 저녁 식사였다.

지원

혜서 때문에 소영이한테 거짓말을 했다. 처음이다.

그러려고 작정했던 것은 아니다. 나도 모르게 그래 버렸다. 수업 시간에 나도 모르게 자꾸만 혜서 쪽으로 고개를 틀게 되는 것처럼.

혜서가 태양이냐?

심장욱 선생님이 그랬다. 나는 긍정도 부정도 않고 배시시 웃었지만, 이즈음의 나를 한마디로 정의한 셈이다. 예리하셔라.

그럼 나는 혜서를 중심으로 도는 달? 아니지. 달은 지구를 중심으로 돌던가?

"해바라기다."

무심코 중얼거렸다.

"뽑으라는 흰머리는 안 뽑고 뭔 엉뚱한 소리야?"

소파 아래, 내 다리 사이에 기대앉아 내게 머리를 맡긴 채 드라마를 보고 있던 엄마가 말을 걸었다.

"엄마."

"올려 달라고? 안 돼. 새치 한 개에 십 원. 그 이상은 절대 불가. 협상 없어."

앞서가시기는. 10원이나 20원이나. 올려 준대도 치사해서 싫네요.

"그게 아니라 엄마. 나, DSLR 새로 사 주면 안 돼?"

"디에쎄랄? 먹는 거야, 그거?"

"엄마야말로 알면서 괜히 엉뚱한 소리."

"그놈의 UCC 동아린지 뭔지가 우리 집 살림 다 거덜 내겠네."

어휴, 엄마의 과장법은 시시때때로 유려하다.

"귀하디귀한 외동딸한테 그 정도도 지원 못 해 줘?"

"귀하디귀한 외동딸이니까 연기 학원인지 영화 학원인지 뜬구름 학원인지도 두말없이 보내 주는 거 아냐."

뜬구름 학원. 하하. 여기쯤에서 딴죽을 걸면 좋으련만. 두말없이, 라는 엄연한 사실 앞에서는 할 말이 없어진다. 우리 학원 아이들 대부분이 부모의 반대를 필수 과정으로 겪었으니, 그에 견주면 나는 아주 순조로운 경우다. 그렇지만 그건 그거고 이건 이거다.

"지금 쓰는 건 화질이 구려."

"누가 들으면 오십 년쯤 된 골동품인 줄 알겠다."

"오십 년 전엔 DSLR 나오지도 않았거든?"

"잔말 말고 흰머리나 뽑으셔."

"흰머리 보이는 족족 다 뽑다간 엄마 대머리 될걸?"

"그럼 가발 쓰지."

"가, 가발? 어휴. 엄마는 뭘 믿고 그렇게 낙천적이야?"

"너 믿고."

통. 가슴속에서 무언가가 울린다. 이럴 때. 가볍게 주고받던 말들 틈으로 파편처럼 박혀 든 진심과 만나게 될 때. 나는 몸이 막 간지러웠다. 뭐라고 말해야 좋을지도 모르겠고, 지금까지 나누었던 말들마저 까맣게 지워진다. 심장욱 선생님과 얘기할 때도 이랬다.

혜서, 그냥 뒤.

그날 심장욱 선생님은 분명 그렇게 말했다.

"엄마."

"왜."

"그냥 두라는 말."

"응."

"어떤 의미일까?"

"음……. 내버려 둬?"

"가까이 다가가지 말고?"

"아마도?"

"역시 그런 거구나."

"누가 너한테 그런 소릴 해?"

심장욱 선생님의 말을 설명하자면 혜서 얘기를 해야 할 텐데. 강제 전학이니 뭐니, 엄마한테 구구절절 늘어놓기는 싫다. 혜서에 대한 선입관을 심어 줄 게 빤하니까.

"비밀이야."

"켁. 없는 비밀 만드느라 고생이 많다."

"진짜 비밀 맞거든?"

"아무렴."

나는 절반만 하얘진 머리칼 한 올을 예고도 없이 힘껏 잡아당겼다.

"아얏!"

외마디를 내지르는 엄마에게 방금 뽑은 머리칼을 살랑살랑 흔들어 보였다. 혀도 날름 얄밉게 내밀었다. 엄마가 곱게 눈을 흘겼다.

"너 믿고, 취소야."

"유치해."

"인간은 원래 유치찬란한 동물이야."

"난 아냐."

"단언컨대, 우리 집에서 제일 유치한 인간이 바로 너, 심지원이거든?"

"그렇담 엄마 닮아서겠지."

"그럴 때만 나 닮았다지."

엄마야 그러거나 말거나 나는 내 방으로 쏙 들어와 버렸다.

엄마 앞에선 유치하다고 쏘아붙였지만, 솔직히 말하면 전적인 믿음의 무게보다는 취소 쪽이 차라리 낫다. 혹여 상대의 믿음을 깰까 전전긍긍. 그런 건 살얼음판을 걷는 거랑 비슷하니까.

그러니까 소영이에게 한 거짓말도 그런 종류. 얇게 언 얼음 위를 조심조심 걸어가고 있는.

휴. 절로 한숨이 났다.

소영

혜서다.

목을 뒤로 잔뜩 젖히고 하늘인지 맨 꼭대기 층인지를 올려다보고 서 있는 저 애. 오늘같이 화창한 토요일 오후, 산에라도 올라가면 어울릴 법한 오렌지색 점퍼가 산뜻했다.

그리고 나는 무릎 나온 트레이닝복 바지 차림으로 아파트 단지 안의 장터에서 이런저런 채소며 생선 따위를 사 갖고 돌아오는 길. 집에 들어가려면 혜서를 지나야만 했다.

뒤돌아설까. 잠깐 갈등이 일었다. 내가 왜? 싶어서 내처 걸었다. 자박자박 발소리도 숨기지 않았다.

혜서가 고개를 돌려 나를 보았다. 그대로 서 있는 혜서에게 가까워졌다. 혜서의 눈길이 내 손에 들린 까만 비닐봉지로 내려갔다.

"엄마 심부름."

묻지도 않았는데 말해 주었다. 고개를 든 혜서와 다시 눈길이 부딪쳤다. 막막하리만큼 고요해서일까. 저 깊은 눈빛 때문일까. 여기, 내 눈앞에 서 있는데도 없는 것 같다. 쓱 스쳐 지나가면 투과될 것만 같은 모습이던 혜서가 마침내 입을 열었다.

"너, 이 아파트 살아?"

"응."

"그렇구나."

잘됐네, 그러던 혜서 목소리가 귓가에 메아리쳤다. 뭐가 잘됐다는 건지 따져 묻고 싶던 걸 지원이 앞이라 눌렀었다. 혹시 반지하의 그 옹색한 집을 아직도 기억하고 있었던 것일까. 그래서 그런 말을 한 걸까.

"기억나?"

"뭐가?"

너에 대해 기억할 무엇이 있느냐는 듯 혜서가 무심히 되물었다. 나는 짧은 숨을 내쉬었다.

"아냐."

"너를 기억하느냐고 묻는 거야?"

나를 어떤 아이로 기억하고 있느냐 묻는 거겠지.

"네가 육 학년 때의 그 이소영이란 건 교실에 들어섰을 때 바로 알았어."

"나도 그랬어. 나도 네가 우리 반 교실에 들어설 때 그 송혜서, 너인 줄 바로 알았어."

"그 송혜서."

"응."

"그랬구나."

"여긴 어쩐 일이야?"

"그냥."

"그냥……."

가만히 되뇌는데 입 안이 썼다. 지원이의 '그냥'이 떠오른 탓이다. 혜서가 이내 말했다.

"누굴 좀 보려고."

"누구?"

"너한테 말해야 될 의무라도 있어?"

돌연 밀쳐 내듯 뛰어드는 말투에 당황해서 말을 더듬거렸다.

"그, 그런 건 아니지만."

혜서가 휙 몸을 돌렸다. 우리 동 입구로 향하고 있었다.

나는 걸어가는 혜서의 뒷모습을 가만 바라보다 걸음을 뗐다. 우리 집으로 가고 있을 뿐인데 혜서를 졸졸 뒤따라가는 모양새가 되었다. 어쩐지 기분이 나빴다. 걸음을 최대한 늦추었다.

계단 몇 개를 올라 통로를 지나자, 엘리베이터 앞에 등을 보이며 기다리고 선 혜서가 보였다. 먼저 올라가고도 남았을 시간인데. 엘리베이터가 아니라 나를 기다렸던 건가.

나는 혜서 옆에 나란히 섰다. 엘리베이터는 멀리, 맨 위층에 머물러 있었다. 올라감 버튼을 누르려는데 혜서가 말했다.

"죽으려고 했대."

팔을 허공에 둔 채로 혜서를 돌아보았다. 혜서는 여전히 앞만 보고 있었다. 나는 뻗었던 팔을 거두어들이며 물었다.

"누가?"

"그 애."

"그 애가 누군데?"

"있어. 여기 살아."

누구지? 내가 아는 애일까? 아무튼 혜서가 '좀 보려고' 한 '누구'가 그 애인가 보다.

"왜, 죽으려고 했는데?"

"나 때문에."

말문이 막혔다. 누군가가, 나 때문에, 죽으려 했다는 것, 어떤 느낌일까. 짐작보다는 상상에 가까운 생각을 하며 나도 혜서처럼 엘리베이터만 쳐다보았다. 엘리베이터 문에 비친 우리가 우리를 마주 보았다.

혜서

토요일 밤, 이른 잠자리에서 뒤척뒤척하고 있는데 문자메시지가 하나 들어왔다. 나는 스탠드도 켜지 않고 휴대폰을 집어 들었다.

– 나 소영인데. 문자 해도 돼? 폰이 구형이라 카톡은 못해.

스팸 아닌 문자는 오랜만이다. 나는 소영이에게 답을 보냈다.

– 카톡 싫어해.

– 나돈데.

– 거품 같잖아.

– 맞아.

– 그런데 왜?

– 너, 우리 동아리에 들어왔으면 해서.

– 동아리? 무슨?

– 지원이한테 얘기 못 들었어?

그런 얘긴 듣지 못했다. 나는 잠자코 있었다.

– UCC 제작반이야. 우리끼리 주제를 정해서 동영상을 만들어. 단편 영화처럼. 나름 재미있어. 주말마다 학교에서 모이는데, 너도 올래?

아무 대답도 할 수가 없었다. 하고 싶다거나 하기 싫다거나 어느 쪽으로도 생각이 들지 않았다. 단지, 소영이가 내게 이런 제안을 해 온다는 게 뜻밖이라는 생각은 들었다.

- 와. 지원이도 기뻐할 거야.

지원이도, 라면. 너도?

- 내일 오후 두 시. 시청각실.

나는 여전히 아무 대꾸도 하지 않았고, 소영이 또한 잠잠했다. 나는 휴대폰을 손에 쥔 채 눈을 감았다. 감고 있어도 잠은 오지 않았다. 얼마쯤 시간이 지난 뒤, 소영이한테서 다시금 문자가 날아들었다.

- 꼭 그래서만은 아닐 거야.

뜬금없다. 뭐가? 라고 물으려는데 문자가 또 들어왔다.

- 그 애 말이야.

나는 숨을 죽였다.

- 죽고 싶어지는 그거, 어떤 한 가지 이유만으로 그런 맘이 들진 않거든.

그리고 또다시.

- 이것저것 다 싫어질 때. 전부가 다 귀찮아질 때. 난 그럴 때 아주 그만두고 싶어지더라. 영원히 안녕, 해 버리고 싶어지더라.

잇달아 날아든 소영이 문자들에 그만 눈앞이 흐려지고 말았다. 나는 어금니를 꽉 물었다. 두 눈을 질끈 감았다가 떴다. 소영이에게 물었다.

- 그런 적. 있어?

소영이의 답은 금세 왔다.

– 있어.

먹먹했다. 짧고 솔직한 대답일 뿐인데 등이라도 가만가만 토닥여 주는 것 같았다. 다시금 소영이의 문자가 다가들었다.

– 너는?

– 난 없어.

울지 않으려 거짓말을 했다.

지원

오늘따라 소영이가 좀 이상하다.

시청각실 문이 열릴 때마다 반사적으로 고개를 들고 쳐다보는 게 꼭 누구를 기다리는 사람 같다. 모두 여섯 명. 안 온 아이도 없건만.

이번에 제작할 동영상 주제를 놓고 다들 부지런히 말들을 보태고 있는데, 소영이만 여태 입 꾹 닫고 있다. 내가 준비해서 나눠 준 자료도 건성으로 들여다보고 있는 게 분명하다.

나는 소영이 옆구리를 콕콕 찔렀다. 소영이가 나를 돌아보았다. 입 모양으로 '왜?'를 만들어 묻자, 소영이도 소리 없이 입술로만 '뭐?' 하고 되물었다.

"회장, 이소영, 집중 좀 해 주시지?"

부회장을 맡고 있는 은지가 뾰족하게 말했다.

"미안."

나는 웃으며 사과했다. 그때 드르륵 문 열리는 소리가 났다. 소영이가 재빨리 문 쪽으로 눈길을 돌렸다. 내 눈길도 소영이를 따라갔다.

"어!"

내 입에서 엷은 탄성이 나왔다. 문을 열고 들어서는 사람은 혜서였다. 나는 동그래진 눈으로 자리에서 발딱 일어섰다. 혜서가 우리 쪽으로 걸어왔다. 나를 비롯해 모든 아이들의 시선이 혜서에게로 쏟아졌다.

"혜서야!"

나는 반가워서 손이라도 와락 움켜잡을 듯 외쳤다. 혜서를 향해 함박웃음도 지었다.

"좀 늦었네."

혜서가 말했다. 내게 건네는 말이 아니라는 건 누가 봐도 알 수 있었다. 지금 혜서가 바라보고 있는 건 소영이였다.

8주 전

소영

매력이 있었으면 좋겠다.

사람을 끌어당기는 힘. 쓱 지나쳐 가지 않고 멈춰 서게 하는. 뒤돌아보게 하는. 많은 말을 나누지 않고도 왠지 호감을 품게 하는. 왠지, 가 중요하다. 또렷한 이유를 찾게 된다면 그건 매력이라고 할 수 없다.

혜서에게는 그런 힘이 있다. 마법 같은 능력. 6학년 때부터 그랬다. 아니, 더 어릴 때부터도 그랬을 것이다.

혜서만큼은 아니지만 지원이에게서도 그런 힘이 느껴진다. 때때로 터무니없이 순수하고 어느 때는 또 잔잔히 깊어지는 호수 같고. 지원이의 매력은 겹이 없는 솔직함에 가깝다.

그렇다면 혜서는. 여러 겹으로 친친 둘러진 보랏빛 베일이

랄까. 몰래 다가가 하나씩 들춰 보고 싶다. 가만 들여다보고
싶다. 그래서 지금보다 조금 더 가까워지고 싶어진다.

지원이도 혜서에게서 그런 매력을 느꼈던 거겠지. 그래서
늘 혜서를 해바라기하는 거겠지.

차라리 혜서가 남자애였다면. 그랬다면 내 마음이 이토록
복잡하진 않을 텐데. 남자 친구는 어디까지나 남자 친구. 내
단짝의 자리를 침범하진 못하는 거니까. 베스트 프렌드는 될
수 없는 거니까.

지원이의 단짝 자리에 혜서를 앉힐 바에는, 혜서를 내 단짝
자리로 데려다 놓는 편이 덜 아프겠다. 이기적일지라도. 지원
이가 속상해할지라도.

그런데, 지원이는 어떤 면에서 속상해할까? 혜서가 내 단
짝이 돼서? 내가 더 이상 지원이의 단짝이 아니어서? 두 번째
경우였으면 좋겠는데. 아니라는 걸 금세 짐작할 수 있으니까
쓸쓸하다.

"소영아."

나를 부르는 사람. 10월의 내 짝, 혜서다. 의도적으로 지원
이를 밀어내려던 건 아닌데 그렇게 되었다. 혜서가 당연한 듯
이 내 옆으로 와서 앉았고, 나는 그 상황을 순순히 받아들였다.
한순간 멍 때리는 지원이 때문에 마음이 아팠는데도 그랬다.

"이소영."

나는 책에 내려져 있던 눈을 들어 혜서를 돌아다보았다.

"내일 저녁에 시간 낼 수 있어?"

내일은 토요일. 토요일 저녁엔 동생들 뒤치다꺼리며 집안일 때문에 정신없이 바쁘다. 동생들 내버려 두고 나간다고 하면 엄마한테 잔소리깨나 들을 것이다. 공부하러 도서관 간다고 둘러대도 마찬가지. 고등학생에게 공부가 특권으로 통하지 않는 곳은 우리 집밖에 없을 거다.

"내일 저녁에 왜?"

"이유는 노코멘트. 싫어?"

지원이였다면 내가 '왜?'라고 묻지는 않았을지도 모른다. 그리고 지원이였다면 '왜?'라는 내 물음에 기다렸다는 듯 상냥한 대답을 건넸을 것이다.

"아니."

"아니? 좋다는 거야, 싫다는 거야?"

미소 띤 혜서의 타박에 나는 빙긋이 웃었다.

"웃기는."

"안 싫다는 거잖아."

"좋지도 않다는 거지?"

"그런 게 아니라. 혜서야, 나는……."

"알아. 알았어. 소영이 넌 대체로 그래."

"대체로 어떤데?"

"대체로 뜨뜻미지근. 꼭 경계선에 서 있는 애 같아."

"경계선……."

나 자신한테 그와 비슷하게 느꼈던 적이 있다. 여기에도 저기에도 속하지 못하고 물끄러미 바라본다고나 할까. 중학생 때도 그랬지만, 고등학생이 된 지금도 여자애들이 서넛씩 무리를 이루어 몰려다니는 모습이 나하고는 먼 세상 일처럼 낯설었다.

나는 언제나 둘이 좋았다. 단짝. 둘 중 하나가 없으면 아무것도 없는 게 되는. 둘이어야 전부인. 둘만으로도 완벽한. 지원이가 나에게는 그런 존재다. 내게만 그렇다는 게 슬프지만. 앞으로는 과거형이 될지도 모른다는 예감도 쓸쓸하지만.

"아냐?"

"글쎄."

"거봐. 기면 기다, 아니면 아니다, 분명하게 말하지 않고 대충 얼버무리고 있잖아. 아주 가끔은 할 말 또박또박 하면서."

아주 가끔. 아마도 혜서는 그 문자를 말하는 것일 테다. 우리 아파트에서 혜서와 맞닥뜨렸던 그날. 또박또박 하진 않았다. 용기를 내어 한 글자 한 글자 문자를 찍어 보냈다. 만약 혜서 코앞이었다면 그런 말들을 입에 올리지도 못했을 것이다.

"내일, 어디 가는데?"

이 물음은 지원이 것이다. 봄부터 9월까지 줄곧 내 짝이었던. 나는 혜서에게서 고개를 돌려 내 곁으로 와 서 있는 지원이를 보았다. 지원이 얼굴에는 기대와 호기심에다 어울리지 않게 약간의 망설임까지 어우러져 있었다.

"너도 갈래?"

선심이라도 쓰듯 혜서가 묻자, 지원이 표정이 순식간에 환해졌다.

"응, 나도 가. 나도 갈래, 혜서야. 어디든 상관없어."

"그럼 내일 저녁 여덟 시까지 카메라 갖고 학교 앞으로 나와."

"카메라? 우아, 우리 다큐 찍으러 가는구나?"

"그럴걸?"

"재밌겠다!"

방과 후 보충수업 시작을 알리는 음악이 흘렀다. 지원이는 폴짝폴짝 뛰어 제자리로 돌아가 앉았다. 나는 지금 여기 경계선에 서 있고, 저기 있는 지원이의 저 기쁨은 오로지 혜서에게 속해 있다.

"싫어."

얼결에 내뱉고 말았다.

"뭐가?"

옆에서 혜서가 물었다.

"아냐."

"또 그런다."

"뭘."

"얼버무리기."

나는 약간 신경질적으로 책장을 넘겼다.

"오호, 성격 있다 이거지?"

"성격 없는 사람도 있어?"

"지원이."

혜서가 나지막이 속삭였다. 나는 혜서를 돌아보았다. 혜서의 입매가 부드럽게 허물어졌다. 며칠 새 자주 본다. 웃음 담긴 혜서 얼굴. 나 때문일까?

혜서

기역 자로 꼬부라진 골목 안은 어둠이 빽빽해서 몸을 숨기기 좋았다. 맞은편 벽 중간쯤에는 조그만 직사각형 문이 매달려 있었다. 그 문을 열면 버려진 아기들을 위한 아늑한 공간이 마련되어 있을 거였다.

"그러니까 저게 그 베이비박스라는 거지?"

오른쪽에 옹크려 앉은 지원이가 소곤소곤 물었다.

"응."

"휴. 좀 슬프다."

한동안 카메라만 만지작거리며 조용히 있던 지원이가 또 물었다.

"과연 누군가가 나타날까?"

"기다려 보는 거지, 뭐."

"밤까지?"

"아무래도 인적이 드문 한밤을 택하지 않겠어?"

"난 아무도 안 왔으면 좋겠어."

그러면서도 베이비박스에서 눈을 떼지 못하는 지원이와 달리 소영이는 제 발치만 내려다보고 있었다. 여기로 올 때도 내내 별 말이 없더니만. 지원이랑은 둘도 없이 친한 사이라고 알고 있는데, 어째서 지원이와의 동행이 불편해 보일까.

나는 왼쪽에 쪼그려 앉아 있는 소영이를 팔꿈치로 툭 쳤다. 소영이가 나를 보았다. 어둠에 익은 눈에 근심 어린 소영이의 얼굴이 들어왔다.

"엄마한테 혼났어?"

"뭐?"

"내내 뚱하잖아."

소영이는 고개를 앞으로 돌렸다.

"아니라고 안 하네?"

"이런 주제, 나는 싫어."

"왜?"

"그렇잖아. 사람이 사람을 버리는 그런."

"민감한 테마이긴 하지."

애써 태연하게 말했지만, 나 역시 좋아서 찾아든 것은 아니었다. 해괴한 논리일지 모르지만, 아픔에는 또 다른 아픔이 약이 되기도 한다. 타인의 더 지독한 아픔과 부딪쳐 내 아픔을 희석시켜 보는 것이다.

그러므로 나는, 오늘 밤에 누군가가 아기를 품에 안고 여

기에 나타나 주기를 바란다. 평생 가슴에 껴안고 살아갈 어떤
여자의 아픔을 영상으로 담아, 보고 또 보며 내 아픔 따위 하
찮은 것으로 만들어 버릴 테다.

"소영이 넌 가끔 지나치게 진지해."

지원이가 말했다. 아무 말이 없는 소영이를 대신해 내가 대
꾸했다.

"넌 주로 지나치게 발랄하고."

"내가? 그래서 싫어? 아니지? 그치?"

물음이 도대체 몇 개냐. 꼭 달콤한 사탕을 앞에 두고 조바
심 내는 어린애 같다. 내가 볼 땐 진지함도 발랄함도 일종의
포즈다. 필요할 때마다 적절하게 골라 꺼내어 쓰는 가면 같은
것. 지금의 난 진지함이란 가면을 쓰고 있는 소영이의 마음
속 풍경이 궁금하다.

"우리, 다큐는 처음 찍어 봐. 대본 먼저 쓰고, 각각 역할 맡
아 연기하고, 촬영하고. 지금까진 그런 작업들만 해 왔거든."

"대본은 누가 썼는데?"

"머리 맞대고서 다 같이. 참! 혜서 너 글 잘 쓰잖아. 중학교
때 매번 상도 받고 그랬잖아. 이번에 만드는 다큐, 스크립트는
네가 쓰면 되겠다."

"뭐, 그러든가."

"근데 어두워서 화면에 제대로 잡힐까?"

나는 건너편의 베이비박스를 바라보았다. 다른 세상으로 열

리는 작은 문 위에 골목 입구의 가로등 불빛이 희미하게 비쳐 들고 있었다.

저 상자 속에다 내 마음도 버릴 수 있게 된다면. 조그만 문을 열고 내 마음의 그늘을 그 안에다 모조리 두고 올 수 있다면. 그리하여 상처이거나 흉터이거나 그런 모든 것들과 연을 끊어 버릴 수 있다면. 철없이 맑아질 수 있다면.

아기를 이곳에 버려두고 가는 사람의 마음도 그러할까. 삶을 짓누르는 무게를 버리고 다시금 투명해지고 싶어서 여기까지 독한 걸음을 내딛게 되는 걸까.

베이비박스를 설치해 둔 저 집 사람들이 상자 안에 버려진 아기를 기꺼이 품어 보살피듯이, 버려진 내 마음도 누군가가 살뜰히 보살펴 준다면. 그러면 거친 내 마음이 말랑하게 다독여질까.

"지원."

심장욱 선생님이 곧잘 그러듯, 나도 지원이의 이름만 따로 떼어 불러 보았다.

"응?"

대답과 동시에 지원이의 눈길이 뛰어들었다. 왼뺨에 감기는 소영이의 눈길도 고스란히 느껴졌다. 둘 사이에 중심이 되는 느낌…… 좋다. 예전의 나, 그 애와 그 일이 있기 전의 나로 돌아간 것 같아서. 모두에게 찬란한 존재이던 나로.

"너는 없어?"

"뭐가 없어?"

지원이가 천진난만하게 되물었다.

"저기 저 상자 안에 버리고 싶은 것."

"버리고 싶은 것?"

지원이가 골똘해졌다. 사실, 그다지 궁금하진 않았다. 지원이한테는 딱히 버리고 싶은 게 없을 것만 같았다. 그늘이나 비밀이나 사연이나 흉터 따위, 지원이에게는 없어 보이니까. 진짜로 궁금한 쪽은 소영이였다.

"나는 있어."

역시나 소영이가 먼저 대답을 주었다. 나는 소영이에게로 눈길을 돌렸다.

"뭔데?"

"욕심."

"어떤 욕심?"

"그건 노코멘트야."

나는 풋 웃었다.

"따라 하기 없어."

소영이도 조용히 웃었다. 비로소 보는 웃음이 반가웠다.

"소영이 넌 웃음에 되게 인색해. 알아?"

잠시 소영이와 눈빛이 마주쳤다.

"무슨 소리야. 소영이 쟤 얼마나 잘 웃는데. 나랑은 만날 웃어. 그치, 소영아?"

투정과 웃음과 약간의 불만이 뒤섞인 지원이의 말에 소영이는 아무 대답도 하지 않았다. 침묵이 끄덕임인지 가로저음인지 알 순 없었지만, 뭔가 모르게 뿌듯했다.

"너는?"

내 눈을 바라보며 소영이가 내게 물어 왔다. 그날 그 문자 메시지랑 똑같이. 와르르 무너지지 않으려고 나는 그날과 똑같이 대답했다.

"나는 없어."

"혜서 넌 거짓말에 되게 능숙해. 알아?"

소영이답지 않은 공격.

"칭찬인지 욕인지 모르겠네."

내심 뜨끔했지만 태평스레 받아쳤다. 지원이의 눈빛 때문에 오른뺨이 따가웠다.

지원

소영이가 내 말을 듣고도 못 들은 척 대답을 떼어먹었다.

당연히 동의해 주었어야 하는데. 까다로운 수학 문제를 들이댄 것도 아닌데. 다른 누구도 아닌 소영이니까 내게 마땅히 그랬어야 하는데. 그런데 소영이는 그저 듣고만 있었다.

네가 나한테 어떻게 그럴 수 있느냐고 따지기도, 하루가 지나 버린 이제 와선 오히려 머쓱하다. 내가 정말 따지고 싶은 건 그런 사소한 일이 아니라, 10월로 접어들면서 짝꿍 자리를 소영이가 혜서에게 내준 것일지도 모르겠다.

소영이가 내준 건지 혜서가 잠깐 사이에 거기 앉아 버린 건지, 그것조차도 나는 잘 모르겠다. 혜서더러 동아리에 들어오라는 얘기를 내가 아닌 소영이가 해 준 것. 그리고 혜서가 소영이의 그 말을 선뜻 받아들인 것. 내 마음에 그어진 금은 거기서부터 시작됐는지도 모른다.

콕.

생각에 잠겨 미처 받아치지 못한 셔틀콕이 내 발치에 떨어졌다.

"지원! 그만할까?"

저만큼 앞에서 배드민턴 채를 휘두르며 아빠가 물었다. 나는 셔틀콕을 주워 들고 아빠에게로 타닥타닥 걸어갔다.

"심지원, 오늘의 날씨 흐림. 왜지?"

"아빠."

"그래."

"마음이 이상해."

"어떤 마음이 어떻게 이상해?"

나는 화단 가에 무릎을 세우고 앉았다. 아빠도 내 옆에 함께 앉았다. 눈높이가 땅에 가까워지니까 세상이 훌쩍 높아 보였다. 거꾸로이면 어떨까, 문득 생각했다. 눈높이가 하늘에 가까워지면 세상이 아주 낮아 보일 것인지를.

"지원. 아빠한테 말하기 싫어?"

"내가 먼저 먹었던 마음들을 소영이가 나보다 더 빨리 실천에 옮겨 버렸어. 나 모르게, 나한테는 말도 하지 않고서."

"그래서 어떤 마음이 드는데?"

이상한 마음. 그런데 그 이상함에 대해서 설명하기가 좀 애매하다. 나중에 연기자가 되려면 캐릭터 분석도 척척 잘 해내야 하는데, 지금으로선 소영이는커녕 내 마음 하나조차도 해독하기가 힘들다.

"싫어? 미워? 질투 나?"

"넘 원색적이야, 아빠."

"그런가?"

아빠가 하하 웃었다. 괜스레 아빠를 탓했지만, 실은 가슴 저 깊은 데가 콕콕 찔려 오는 느낌이었다. 결국 그런 마음들이었을까.

나는 고개를 저었다. 밉거나 질투까지는 아니라고 항변하고 싶었다. 그러는 건 자존심이 상했다. 하지만 싫다. 싫은 건 사실이다. 혜서가 나보다 소영이와 더 가까워지는 것. 혜서에게서 내가 배제되는 것.

한순간, 어떤 놀라움이 내 머리를 두드렸다. 내 마음의 기준점이 소영이가 아닌 혜서에게로 기울어 있었던 것이다.

"지원."

"응?"

"소영이한테 말해 봐. 이상한 그 마음들에 관해서."

56

"아빠, 그건 좀."

"베스트 프렌드잖아. 그런 친구하고는 마음껏 솔직해져도 괜찮아."

베스트 프렌드. 언젠가 소영이도 장난처럼 내게 그런 표현을 쓴 적이 있다. 그때 난 웃음으로 넘겼지만, 조금 무거웠다. 베스트. 그 말의 무게를 견딜 만큼 나는 충분히 깊지 않은가 보다. 특히 소영이에게는.

"넌 아냐?"

"베스트 프렌드?"

"그래."

"모르겠어, 아빠."

"모르겠다는 건 아님 쪽인데?"

"그런 거야?"

자신 없이 되묻고 나니 풀이 죽었다. 소영이에게 미안했다.

"지원. 사람과 사람 사이에서는 원래 서로의 마음 분량을 정확히 수평으로 맞추기가 어려운 법이야. 수평을 이루지 못했다고 해서 미안해하거나 주눅 들 필요는 없어. 그럴 땐 누구의 잘못도 아닌 경우가 대부분이거든."

나는 끄덕였다. 방그레 미소도 지었다.

"근사해, 아빠. 적어 놔야겠다."

아빠도 웃으면서 받았다.

"밑줄 치고 별도 그려 놔."

아빠 말이 다 옳았다. 그렇지만 혜서와는 수평을 이루고 싶다. 혜서보다 모자란 마음을 들키며 주눅 들고 싶지 않다. 베스트라는 말, 혜서에게는 쓰고 싶다. 아니, 혜서가 나에게 써 주었으면. 베스트 프렌드 지원, 이라고. 꼭 그렇게 되었으면 좋겠다.

주머니에서 휴대폰을 꺼내고서 아빠를 쳐다보자, 아빠가 내 머리를 헝클어뜨리고는 일어섰다.

"그럼 아빠는 이만 퇴장."

"센스쟁이 아빠라니까."

나는 엄지도 높이 들어 보였다. 집으로 걸어가는 아빠의 뒷모습을 지켜보다가, 휴대폰을 열었다. 어제 알아 둔 혜서의 휴대폰 번호를 찾았다.

—여보세요?

응? 혜서가 아니다. 분명 혜서 휴대폰으로 걸었는데 어째서 남자 목소리가 나오는 거지?

—여보세요.

"저, 혜서 친군데요. 이거 혜서 전화 아니에요?"

—혜서 전화 맞아. 친구 누구?

나직하니 듣기 좋은 목소리. 여진구 닮았다. 얼굴은 어떻게 생겼을까?

"지원이요."

—지원이?

58

"네, 심지원이요."

—난 재서야. 송재서.

송혜서, 송재서. 그럼 남매?

"혜서 오빠예요? 아님 남동생?"

—오빠님이시다.

"아하!"

—아하!

천연덕스럽게 흉내 내는 혜서 오빠 때문에 웃음이 절로 나왔다.

—어, 혜서 왔다.

"아, 그럼 안녕히 계세요."

—뭐야, 그게.

혜서 목소리가 돌부리를 발로 차듯 다가들었다. 인사말이 다 건네지기도 전에 휴대폰이 혜서에게로 넘어갔나 보다. 조금 멋쩍었다.

"뭐긴. 너희 오빠님께 드리는 인사지."

—오빠님?

비틀어 묻는 혜서의 표정이 눈앞에 선했다. 소영이한테는 스스럼없이 잘도 웃더니. 속이 상하려고 했지만 내색하지 않았다.

"오빠님이시다, 재서 오빠가 그러잖아."

—언제 봤다고 재서 오빠래?

더욱 시니컬해진 말투에 가슴이 시리게 내려앉았다. 나는 꼬리 내린 강아지처럼 소심하게 말했다.

"미안. 너희 오빠가 이름 가르쳐 주길래. 휴대폰 두고 어디 갔었어?"

—화장실.

"시끄럽네. 밖이야?"

—응.

혜서가 이름난 커피 전문점 상호를 댔다. 혜서에게는 보이지도 않을 텐데 나는 고개를 주억거렸다.

—전화 왜 했어?

소영이라면 이렇게는 묻지 않을 텐데. 친구끼리의 통화에서 '왜'를 묻는 건 실례라고, 소영이였다면 거리낌 없이 말해 주었을 텐데.

"어제 거기, 오늘 저녁에도 가자고. 어젠 허탕 쳤잖아. 오늘 밤엔 누가 나타날지도 몰라. 아니, 꼭 나타날 거야."

—넌 뭘 믿고 그렇게 낙관적이야?

나는 후후 웃으며 장난치듯 말해 주었다.

"너 믿고."

무거워하지 말았으면. 잠시 소원을 품는 사이, 내게 그렇게 말하던 엄마 목소리가 스쳐 갔다. 엄마 마음의 빛깔을 가늠할 수 있을 것도 같다.

—오늘은 안 돼.

"오빠랑 다른 스케줄 있어?"

—그보다, 소영이가 오늘 저녁엔 못 나온대.

"아. 소영이가……. 그렇구나."

그러니까 소영이와는 그새 통화를 주고받았다는 얘기. 나는 빼놓은 채 둘만의 이야기가 이미 오고 갔던 것. 가슴 안쪽의 어느 한 부분이 사각 베이는 것만 같았다.

혜서

"어떻게 생겼어?"

통화를 마치고는 커피를 마저 마시려는데 오빠가 물었다.

"뭐가?"

오빠가 탁자 위에 놓아둔 내 휴대폰을 턱으로 가리켰다.

"지원이?"

"응. 예뻐?"

어디서든 눈에 띄게 예쁘거나 또는 그 반대이거나, 둘 중 어느 쪽도 아니다. 그냥 그런. 키는 작은 편이지만 귀염성 있게는 생겼다. 오빠가 지원이에게 관심을 보이는 게 싫어서 거짓말을 했다.

"못생겼어."

"예쁘구나."

단정하듯 말하며 오빠가 눈매를 짓궂게 흩뜨렸다.

"예쁘면 뭐."

“보여 줘.”

“싫은데.”

“왜?”

“애가 너무 얕아.”

두 번째 거짓말. 티 없이 그늘 없이 맑아 보이기는 해도 ‘너무’까지는 아니니까.

“난 그런 애가 좋더라.”

“난 그런 애 별로야.”

“그래서 그렇게 까칠했어?”

까칠했던가. 돌이켜 보니 상냥하진 않았다.

“내가 다 무안하더라. 친구한테 그러지 마.”

“친구 아냐.”

세 번째 거짓말. 이건 좀 모호하다.

예전에 친구란, 눈을 맞추며 말을 섞고 웃음을 섞는 아이들이면 다 해당됐다. 그런데 이젠 아니다. 그런 건 다 거품. 마음 저 깊은 데를 보여 주고 동질의 아픔을 나눌 수 있는 아이. 어떤 경우에도 내게 등을 돌리지 않는. 그래야만 친구인 거다.

“내 진짜 친구 보여 줄까?”

오빠가 눈을 빛내며 끄덕였다. 나는 소영이에게 또 전화를 걸었다.

7주 전

소영

야간 자율 학습을 마치고 돌아오는 길, 엘리베이터에서 내려서자마자 날카로운 엄마 목소리가 들렸다. 아빠를 향해 퍼붓는 말의 주먹질들. 아빠가 휘두르는 말의 발길질도 엄마 못지않았다.

무언가가 바닥에 패대기쳐지는 소리, 어린 세 동생이 자지러지게 울어 대는 소리가 연이었다. 넷째 동생은 엄마 배 속에서 불안하게 웅크려 떨고 있을 거다. 나는 현관 앞에 우두커니 섰다.

지겨워.

그 한마디가 상한 우유 덩어리처럼 뭉클뭉클 가슴속을 떠돌았다. 집 안의 불쾌한 소음들은 쉬이 그치지 않았다. 나는 남의 집 앞인 듯 막막하게 서 있다가 되돌아서 다시 엘리베이터에 올랐다.

딱히 어디로 가야겠다는 생각이 있었던 것은 아니다. 11시가 가까운 밤이었고, 돈도 없고, 돈이 있다 해도 교복 차림으로 마땅히 갈 데도 없었다.

아파트 단지를 어슬렁거리다 보면 시간은 흐를 것이었다. 시간이 흐르면 승자도 패자도 없는 싸움은 끝나 있을 것이고, 눈물 콧물 범벅이 된 동생들은 아무렇게나 쓰러져 잠들어 있을 것이다.

그때쯤에야 들어가서는 마구 어질러진 집을 조용히 치우며 속으로만 뇌고 또 뇔 것이었다. 지겨워, 지겨워, 지겨워.

땅바닥을 발로 툭툭 차듯 하던 걸음이 이내 멈추었다. 저만치 앞에 보이는 익숙한 실루엣 하나. 혜서였다.

나는 천천히 다가섰다. 혜서는 고개를 치켜들고 꼭대기 층을 올려다보고 있었다. 언젠가 그날처럼.

"송혜서."

혜서가 고개를 내리고 나를 돌아보았다.

"이소영."

"거기서 뭐 해?"

혜서의 눈길이 다시 위로 올라갔다. 뒤로 젖혀진 목이 시들어 곧 꺾이려는 꽃대처럼 가냘파 보였다.

"불이 켜져 있어."

혜서가 말했다.

"어디?"

옆에 서서 나도 혜서처럼 목을 뒤로 젖혔다. 맨 위층 몇몇 집을 환히 밝힌 불빛들이 보였다. 그중 어디쯤에 혜서의 그 애가 살고 있을까.

"따뜻해 보이지?"

혜서가 물었다. 그렇지만 나는, 불이 켜져 있다고 해서 그 집의 온도가 마냥 따뜻한 것은 아니라고 말해 주고 싶었다.

저기 7층을 봐. 우리 집. 여기서 보면 불빛은 더없이 따뜻한데 막상 들어가 보면 아주 엉망진창이야.

"밤에 그 애네 집에 저렇게 불이 켜져 있으면 마음이 놓여. 아무 일 없던 예전처럼, 그 애랑 그 집 식구들 모두 행복할 것만 같거든."

혜서의 그 애한테는 도대체 어떤 일이 있었던 걸까. 그 일이 혜서와는 어떻게 연결되어 있는 걸까. 죽음과 관련하여 '나 때문에'라는 자책을 멍에로 짊어지고 살아야 한다는 것. 몹시 힘들 것 같다.

실패로 끝나서 다행이지, 만약 성공했다면. 그 뒤 평생 겪어야 할 죄책감이란⋯⋯. 상상만으로도 몸서리가 쳐졌다.

"여기, 자주 오나 봐."

"응."

고백 같은 대답. 나는 끄덕였다.

혜서가 덧붙였다.

"거의 매일."

거의 매일, 여기에 와 서서 그 아이 집에 따뜻한 불빛이 켜져 있는지를 확인하는 마음. 혜서 나름의 속죄인 걸까. 어쩐지 먹먹해져서 나는 다시금 끄덕끄덕했다.

"학교에서 이제 오는 거야?"

혜서는 이제 그 애가 아닌 나를 보고 있었다.

"응."

"왜 집에 안 들어가?"

"그냥."

혜서가 푸시시 웃었다. 다 이해한다는 듯. 그냥이라는 말, 이럴 땐 편하다. 자세한 사연을 모르는데도 막연히 끄덕이게 만드니까.

나는 걸음을 떼어 놓았다. 혜서도 내 곁을 따라 걸었다. 조금 전까지만 해도 시간을 보내기가 막막했는데, 곁에 혜서가 있으니 늦은 밤 같지가 않았다. 나무들이 우거진 산책로를 얼마 동안 말없이 걷다가 내가 먼저 입을 뗐다.

"집에 안 가?"

"귀찮아?"

"응."

"이소영, 너도 거짓말 좀 한다?"

나도 푸시시 웃었다. 지원이한테는 한 번도 이런 식으로 말

해 본 적이 없었다. 귀찮으냐는 물음에 농담으로라도 긍정의
대답을 할 수는 없다. 혹시라도 지원이가 아플까 봐. 상처 입
을까 봐.

"나한테 왜 안 물어봐?"

"뭘?"

"그 애."

"물어보면 말해 줄 거야?"

"궁금하지?"

"안 궁금하진 않아."

"그게 뭐야."

지금까지 내게 늘 궁금한 친구는 심지원이었다. 속속들이
다 알고 싶었다. 그래서 날마다 더 가까워지고 싶었다. 그리고
지원이도 내게 그러했으면 싶었다. 가족보다도 더 친밀한 관
계. 지원이와 그랬으면 좋겠다고 매일매일 생각해 왔었다.

그런데…… 시나브로 혜서도 궁금해진다. 물론 지원이만큼
은 아니지만. 조금씩 더 알고 싶어진다. 묻고 싶어진다. 보이
지 않는 마음속 일들에 대해서. 전학을 오기까지 겪어야 했던
지난 시간에 대해서.

"나는 궁금해. 이소영이 왜 곧장 집에 안 들어가고 집 앞을
서성이고 있는지."

"서성이지 않았어."

"또 거짓말."

"지겨워서."

"집이?"

"응."

"나랑 같네."

"너도?"

"응, 나도. 우리 집 이젠 반쪽짜리가 됐거든. 나 때문에."

"송혜서, 넌 안 그렇게 생겨 가지고 툭하면 자기 탓을 하더라?"

"안 그렇게 생겨 가지고?"

혜서가 쿡쿡 웃었다. 나도 웃었다. 눅눅해지지 않을 수 있어서 좋았다. 뜻밖에 혜서와 같은 점이 있다는 것도 좋았다. 같은 점이 있음을 알게 되었다는 것과 나를 궁금해하는 사람이 생겼다는 것도.

"반쪽짜리가 됐다는 건 무슨 뜻이야?"

"네가 생각하는 그거."

부모의 이혼. 때때로 그런 날을 상상해 보곤 했다. 걸핏하면 핏대 올리며 싸워 대느니 차라리 각자 살았으면 하고.

"반쪽이 되기 전에 너희 부모님도 매일같이 다투셨어?"

"처음엔 그랬지. 그런데 좀 지나니까 서로 아무 말도 안 하더라. 눈길도 아예 안 마주치고."

그렇게 돼야 완전히 분리되는 건가. 저렇게 죽일 듯이 싸워 댈 때는 아직 서로에 대한 희망이 남아 있다는 뜻인가. 희망이라는 말, 이럴 땐 지긋지긋하다.

"그러면 어떤 줄 알아? 집이…… 차가워져. 살아 숨 쉬는 사람이라곤 아무도 없는 것처럼."

그런 집도 끔찍하긴 마찬가지겠다.

"오빠가 있잖아."

"같이 살지도 못하게 됐는데, 뭘."

"그래도. 나도 오빠나 언니가 있으면 좋겠어. 기댈 수 있는."

"기댈 수 있긴. 별로 그렇지도 않아. 겨우 한 살 많은걸. 친구 같아. 그래서 그냥 맞먹어. 오빠라고 잘 부르지도 않고."

오빠 얘기가 나오니까 혜서에게 훨씬 생기가 돈다. 그런 오빠의 존재, 그런 오빠가 있는 혜서, 부럽다.

"어제도 은근 자랑해 놓고선."

"자랑이라니?"

"오빠랑 저녁 먹을 거라고 그랬잖아."

"그게 자랑이야? 같이 먹자니까 안 나온다고 했던 건 너야. 우리 오빠 소개해 주려고 했단 말이야."

어제 혜서는 굳이 오빠를 바꿔 주며 인사를 하게 만들었다. 부끄러워서 뺨이 훅 붉어졌던 기억만 선명하고, 무슨 말을 어떻게 나누었는지 제대로 생각도 나지 않는다.

"어제 그 시간에 나는 동생들 차례로 목욕시키고 있었어."

"동생이 셋이랬나?"

"이제 곧 넷이 돼. 엄마 배 속에 막내가 들어 있거든."

"그렇구나. 다들 이름이 뭐야? 어떤 의미로들 지었어? 형제자매들 많은 집 보면 난 왜 그런 게 궁금한지 몰라."

"소영, 혜영, 희영, 은영. 딱히 의미랄 것도 없어. 그저 흔하고 평범한. 참 성의 없게도 지었지."

"평범하지만 특별히 밉지도 않은데 뭘 그래."

"난 평범한 게 싫어."

"이소영, 너 평범하지 않아."

나는 걸음을 멈추고 혜서를 바라보았다. 나를 보는 혜서의 눈동자가 먼 하늘의 별처럼 깊게 빛났다. 진짜야, 라고 말해주는 것 같았다. 시간도 우리를 따라 잠시 멈춰 선 것 같았다. 지원이 목소리가 뛰어들기 전까지는.

"혜서야!"

혜서가 고개를 돌렸다. 혜서의 시선 저 끝에 지원이가 서 있었다. 소영아, 가 아닌 부름. 내 팔이 스르르 혜서에게로 뻗어 나갔다. 나는 혜서의 팔을 끼고 혜서와 단짝인 듯 붙어 서서, 이리로 뛰어오는 지원이를 바라보았다.

지원

"뭐야, 둘이. 나만 쏙 빼놓고선."

다정히 팔짱을 끼고 있는 혜서와 소영이에게 웃으며 말했다. 사실, 웃음은 거짓이다. 이런 말을 심각하게 하는 건 자존심 상하는 일이니까. 웃음을 곁들이지 않으면 내가 더 초라해

지니까.

"늦었네?"

소영이가 물었다.

"응. 탈춤 연습 하느라."

"연기 학원에서 탈춤도 배워?"

혜서다. 혜서의 관심이 반가워서 나는 얼른 대답해 주었다.

"그럼. 체력 훈련이랑 현대 무용도 하는걸? 내가 은근 몸치라 몸 움직여 하는 게 잘 안 돼서 애먹고 있어. 근데 이 시간에 혜서 넌 여기 어쩐 일이야?"

"그냥."

그냥, 이라는 말. 별다른 이유가 없을 때 쓰기도 하지만 사실을 있는 그대로 말해 주기 싫을 때도 쓴다. 특별한 일도 없이 이 시간에 우리 아파트 단지에 혜서가 와 있을 리는 없겠고. 그러니 후자일 텐데. 혜서가 소영이에게만 보여 준 어떤 것, 나는 모르는 그 마음 때문에 살그머니 쓰라리다.

"피곤하겠다. 들어가."

혜서가 말했다. 때마침 문자메시지 수신음이 울렸다. 소영이와 혜서 둘 다 약속이라도 한 듯 휴대폰을 확인하지 않았다. 나는 휴대폰을 들여다보았다. 엄마다.

– 어디쯤 왔어? 마중 나갈까?

– 다 왔어. 집 앞.

엄마에게 얼른 답을 보내고선 혜서에게 물었다.

"너는? 집에 안 가?"

나는 부러 소영이에게는 눈길을 주지 않았다. 자칭 베스트 프렌드는 난데, 혜서와 둘이 보란 듯이 팔을 끼고 있는 소영이가 얄미웠다.

"가야지."

"그럼 바래다줄게."

"아냐, 괜찮아. 넌 들어가."

혜서의 마지막 말을 곱씹어 보았다. '넌'과 '들어가.' 사이에 '필요 없으니까'가 생략된 것 같아서 의기소침해졌다. 주눅이 들려고도 했다. 그렇지만 드러낼 수는 없었다. 나는 방그레 웃으며 대답했다.

"그래. 안 그래도 우리 엄마가 얼른 들어오라고 난리야. 난 그럼 들어가 봐야겠다. 잘 가, 혜서야."

혜서에게 다정히 인사를 건네고서야 소영이를 보았다.

"소영이 너도."

마지못해 건네는 인사처럼 들리지 않기를 바라는 마음과 무언가 다름을 알아차렸으면 하는 마음, 두 가지가 내 속에서 엇갈렸다. 소영이는 말없이 끄덕이기만 했다. 그러니 '다름'을 여실히 보여 준 건 소영이다. 마음이 엉클어졌다.

나는 여전히 팔짱을 끼고 있는 둘을 두고서 집으로 걸었다. 잘 안 되는 탈춤을 연습할 때만큼이나 움직임이 둔했다.

혜서

"학교는 어때?"

저녁 식탁에서 엄마가 물었다. 막 밥을 한 숟갈 떠서 입에 넣으려던 참이었다. 나는 대답 없이 밥만 퍼먹었다. 모처럼 마주 앉은 저녁이 어색하고 불편하기 그지없었다.

"엄마가 묻고 있잖아."

"어떻긴. 학교가 다 그렇지."

밥알을 입 안에 머금은 채 돌멩이를 내던지듯 대꾸했다. 엄마 얼굴에 잔뜩 낀 먹구름은 무시했다.

"엄마 말 무슨 뜻인지 몰라?"

"알아."

"아는데 왜 딴청이야?"

"엄마 닮아서 그렇겠지."

"너……."

또 저런 표정을 한다. 너한테 질렸어, 라고 말하는 눈빛. 적어도 엄마에게서만큼은 그런 눈빛을 보고 싶지 않다고, 내 안의 내가 악에 받쳐 소리치고 있었다. 그러나 현실의 나는 엄마를 빤히 쳐다보며 태연자약하게 말을 건넸다.

"왜? 딸이 엄마 닮는 게 그렇게 끔찍해?"

"너, 말을 그렇게밖에 못해?"

"엄마는 언제나 진심 그대로 다 말하고 살아? 아니잖아. 그러면서 나한테만 그런 태도 강요하지 마. 자꾸 그러면 나도 아빠처럼 그렇게 해 버릴지 모르니까."

"아빠처럼 그렇게?"

"무슨 뜻인지 몰라? 이 집을, 엄마를, 도저히 못 견디고 나가 버린 거. 나도 아빠처럼 그럴지 모른다고."

"너 정말⋯⋯."

저 눈빛.

"그런 얼굴 그런 눈빛 하지 말고 그냥 말로 해. 너한테 질렸어, 꼴도 보기 싫어, 말해 버리란 말이야."

내 안의 내가 현실의 나를 이겼다. 엄마 얼굴이 서늘해졌다.

"그렇게 듣고 싶다면 말해 줄게. 그래. 나 너한테 아주 질렸어. 꼴도 보기 싫어. 이제 됐어? 속이 시원해? 아빠도 나 때문에 나갔고, 모든 게 다 나 때문이지. 너 때문이 아니라. 그렇지?"

소리라도 높였으면 좋았을걸. 감정을 마구 터뜨리며 눈시울이라도 좀 적셨으면 좋았을걸. 그러면 속이 상해서 마음에도 없는 소리를 내뱉는 거라고 생각할 수 있을 텐데. 저렇게 침착하게, 그동안 참았던 말을 기어이 꺼내 놓는 듯, 하지 말고.

나는 엄마를 쏘아보았다. 엄마는 매운 내 눈길을 받으며 밥을 먹었다. 방금 아무 일도 없었던 사람처럼 지극히 태연스럽게. 그래, 나는 엄마를 닮았다. 새삼 깨닫게 된 진실이 사무쳤다.

"아빠한테 갈래."

"……."

"아빠 집에서 살 거라고."

"……."

"못 그럴 줄 알아?"

"맘대로 해."

숟가락을 소리 나게 내려놓고 나는 방으로 들어왔다. 방 안을 이리저리 서성였다. 길 잃은 마음이 나를 따라 서성였다. 휴대폰을 집어 들었다. 친구 목록에서 수많은 이름을 전부 삭제해 버린 후 새로 저장된 이름은 꼭 하나, 소영.

그렇지만 소영이는 지금 야간 자율 학습 중이라 전화를 받을 수 없다. 가족 중 단 하나인 오빠도 지금은 소영이처럼 학교에 있다. 나는 짜증스레 최근 기록을 뒤졌다. 지원이 번호가 눈에 들어왔다. 버튼을 터치했다.

―혜서야!

그제 밤 그 순간처럼 지원이 목소리가 밝았다.

"어디야? 학원?"

―가는 중. 넌 어디야?

"집."

―심심하겠다.

"지겨워."

소영이가 했던 말을 입에 올리자 소영이의 비밀이라도 발설해 버린 기분이 되었다. 전화 저편의 지원이가 조용하니 더욱 그랬다.

"지원아."

—응?

"거기, 가 보려고 하는데."

—베이비박스?

"응. 같이 갈래?"

바로 대답하지 않는 걸 보면 망설이는 중인가 보다. 즉흥적인 제안이었지만 곧장 긍정의 대답이 나오지 않으니까 심술이 나려고 했다.

갖고 싶은 걸 간절히 원하는 아이의 눈으로 늘 반짝이며 바라보더니만, 정작 내가 필요로 할 땐 발 맞춰 주길 꺼린다는 거지? 소영이라면 그러지 않았을 텐데. 나도 모르게 소영이와 비교하게 되었다.

"아무래도 학원 때문에 넌 안 되겠지? 그럼 오늘은 그만두고, 토요일에 소영이랑 같이 가야겠다."

—안 되긴! 나도 가. 오늘 나 갈 수 있어, 혜서야. 같이 가자.

"정말 괜찮겠어?"

—그럼! 괜찮아. 지금 내가 너희 집 근처로 갈게. 나갈 준비하고 기다리고 있어, 혜서야. 도착하면 바로 전화할게.

"알았어."

—혜서야.

"응?"

―있지. 나…….

할 말을 머금고 머뭇거리는 지원이에게 나는 덤덤히 재촉했다.

"너 뭐?"

―아니야. 이따 봐. 안녕.

징검다리를 건너듯 퐁당퐁당 말을 던지고선 지원이가 전화를 끊었다. 나는 손에 쥔 휴대폰을 가만히 내려다보았다. 오늘 꼭 거기 가고 싶었던 것도 아니다. 지원이가 학원을 땡땡이까지 치게 하고서 가야 할 만큼 다급한 이유도 없다.

그런데 왜. 나는 왜 이러고 있는 걸까. 혼자 있기 싫어서? 그렇다고 지원이랑 같이 있고 싶은 것도 아니면서. 반드시 지원이여야 하는 거, 아니잖아? 너 지금 지원이 마음을 이용하고 있는 거야.

자책하고 있을 때, 문자메시지가 들어왔다.

- 나한테 전화해 줘서 기뻤어. ^^

지원이였다. 활짝 웃고 있을 지원이 얼굴이 환히 보이는 듯했다. 나는 백팩에 디지털카메라를 챙겨 넣고 방에서 나왔다. 운동화를 신는데 목덜미로 엄마 목소리가 달라붙었다.

"밤에 또 어딜 나가?"

"맘대로 하라며."

"아빠가 두 손 들어 환영이라도 해 줄 줄 알아?"

안다. 그러지 않으리라는 거. 아빠는 나를…… 부끄러워한다는 거. 애초에 아빠 집에 가서 살 마음 같은 건 추호도 없었다. 그럼에도 굳이 확인까지 시켜 주려는 엄마가 밉다. 꼴도 보기 싫다.

"아빠한테 간다고는 안 했어."

싸늘하게 말하고 현관문을 열었다.

"이제 그만 가."

밑도 끝도 없는 엄마 말에 발목이 잡혔다.

"그 애네 집, 이제 그만 가 보라고."

쾅. 심장에 도장이 찍혔다.

"잘 지내고 있대. 학교도 다니고. 그러니까 날마다 그 집 가서 올려다보는 그거, 이젠 그만 좀 하라고."

나, 매일, 거기 가는 그거, 엄마가, 어떻게 알았어?

입 속에 말들이 띄엄띄엄 고였다. 입술을 뚫고 나오지 못한 말들이 입 안에서 윙윙 맴돌았다. 입술을 열면 울음도 터져 나올 것 같아서 꾹 다물고 버텼다.

"송혜서."

"……"

"혜서야."

"……"

"들어와."

"……"

"들어오라고."

등을 보이고 선 채 엄마에게 물었다.

"학교만 다니면, 잘 지내는 거야?"

나도 학교는 다니고 있어. 그렇다고 해서 잘 지내고 있는
건 아냐. 그건 엄마가 더 잘 알잖아?

하지 못한 말을 품고 있을 때는 그 말의 무게만큼 냉정해진
다. 지금 이 순간의 나처럼. 그리고 엄마처럼.

나는 문밖으로 나섰다. 등 뒤에서 문이 닫혔다.

지원

좁다란 골목 안 어둠 속에서 혜서와 둘이. 생각지 못한 선
물 같다. 아무 날도 아닌데 내 품에 안겨진 아주 특별한 선물.

그러니까 오늘 밤엔 아무도 나타나지 않았으면 좋겠다. 오
늘 밤엔 아기와 이별하는 사람이 없었으면 좋겠다. 이렇게
저 베이비박스를 지켜보며 혜서와 내내 이야기를 나누고 싶
으니까.

"있잖아, 혜서야."

"응."

"나, 너랑 비하인드 스토리 있다?"

"비하인드 스토리?"

이게 뭔 뜬금없는 소리냐는 얼굴로 혜서가 나를 보았다.

"중학교 때 말야. 넌 기억 안 나지?"

"같은 반인 적 없었다면서."

혜서는 곧잘 이런다. 자기 얘기인데도 남의 얘기인 것처럼 몇 걸음 비켜서 있는 태도. 같은 반인 적 없었잖아, 라고 하지 않고.

"일 학년 가을 이맘때였어. 체육 시간이었지. 반 대항 피구를 하던 그날, 난 운동장 가에 혼자 쪼그리고 앉아 있었어."

"오늘처럼 땡땡이를 쳤다 이거지."

혜서의 말에 나는 후후 웃었다. 내 이야기 속으로 걸어 들어오는 혜서가 느껴졌고, 혜서의 전화를 받던 순간처럼 몹시 기뻤다. 너한테만 말해 줄게, 할 만한 비밀 근처에도 못 가지만, 이렇게나마 혜서에게 나눠 줄 스토리가 있어 다행이었다.

"그날 난 배가 몹시 아팠어."

"생리통?"

"응. 그래서 아랫배를 끌어안고 우거지상을 하고 앉았는데, 어떤 애가 툭툭 걸어와선 내 옆에 앉았어."

"그게 나였어?"

"응, 너였어."

혜서가 푸시시 웃었다. 나도 웃었다. 그전부터도 송혜서란 아이를 알고 있었다고는 말하지 않았다. 어디에서나 태양처럼 눈부시던 그 아이랑 친한 친구가 되고 싶었다는 말도 꺼내지 않았다.

"정확히 말하면 내 옆이라곤 할 수 없었어. 일 미터쯤 떨어진 자리였으니까."

"그래서?"

혜서가 눈을 빛내기 시작했다. 흐릿한 어둠 때문에 머리칼 색과 같은 연갈색 눈동자는 보이지 않았다.

"내가 물었어. 너도 아프냐고. 아니래. 그럼 왜 여기 와 앉아 있는 거냐고 물었지. 그랬더니 혜서 네가 뭐라고 대답한 줄 알아?"

"내가 뭐라고 했는데?"

나는 그날을 떠올렸다. 그 순간의 혜서 목소리를 떠올렸다. 그리고 아까 통화할 때의 그 음색이랑.

"뭐라고 했냐니까?"

"진부해."

하. 낮은 한숨이 혜서에게서 터졌다.

"내가 정말 그랬단 말야?"

"응. 되게 냉소적으로. 기억 안 나?"

"안 나."

"나 그때 되게 놀랐거든. 그런 표현, 그런 말투. 내 또래한테 서는 처음 들었으니까. 음……, 뭐랄까. 인생을 아주 오래 살 아온 사람, 그것도 몹시 고달프게 겪어 온 사람에게서나 들을 법한 말, 그런 느낌?"

"허세 쩔었네, 나."

"허세 같지 않았어. 진짜야."

"허세야. 잊어."

"있지, 혜서야. 어떤 순간은 사진처럼 찰칵! 각인되기도 해. 액자에 소중히 넣어 두고 싶은 작품 사진처럼. 그래서 노력하지 않아도 또렷이 기억되는."

네가 전학생이 되어 우리 반 교실로 들어서던 그 아침이랑 지금 이 순간도 그럴 거야. 시간이 오래 흘러가도 액자에 간직한 사진이 되어 영원히.

혜서는 말이 없었다. 침묵 속 혜서의 마음결을 엿볼 수 없어 안타까웠다.

"그만 가자."

혜서가 몸을 일으켰다.

"벌써?"

아쉬움으로 혜서를 따라 일어서는데, 골목 어귀에서 자박자박 조심스러운 발소리가 들려왔다.

"누가 오나 봐."

"쉿!"

혜서가 검지를 입술에 댔다.

발소리는 점점 가까워졌다. 설마 오늘 밤에 누가? 불안한 기대로 두근거렸다. 혜서가 베이비박스 쪽으로 카메라를 겨냥했다. 베이비박스 앞에 둥그스름한 실루엣이 그림자를 드리웠다.

어!

흐릿한 가로등 불빛 아래에서도 두 눈에 선연히 담기는 익숙한 체크무늬 스커트. 분명 우리 학교 교복이었다. 주위를 살

피듯 고개를 돌릴 때, 흐릿한 불빛에 여학생의 옆얼굴이 설핏 드러났다.

저 애는…… 정아잖아!

여자애의 이름이 새어 나갈세라 나는 손바닥으로 내 입을 막았다. 다른 반이라 친하진 않지만, 수준별 수업으로 반이 나뉠 때 같은 교실에서 영어 수업을 듣곤 했다. 내가 아는 아이라는 사실에, 낯익은 교복을 발견했을 때보다 더 놀라고 당황스러웠다.

한동안 베이비박스 앞을 뚫어져라 바라보던 정아는 온 길을 되짚어 골목 밖으로 총총 걸어 나갔다.

"방금 우리가 뭘 본 거지?"

멍해진 나는 혼잣말처럼 중얼거렸다.

"엉뚱한 생각 마."

카메라를 가방에 넣으며 혜서가 타박 조로 말했다.

"그렇겠지? 이건 정말 말도 안 되는 생각이겠지?"

대꾸는 그렇게 하면서도 나는 두근거림과 놀라움이 채 가시지 않은 상태였다. 놀라움도 놀라움이지만, 지금부터 이 세상 어느 누구도 모르는 둘만의 비밀을 혜서와 나눠 갖게 된 것 같은 기분마저 들었다.

"심지원, 눈에 보이는 게 전부는 아냐."

"그런 것쯤은 나도 알거든?"

"아니, 넌 몰라. 너를 포함해서 대부분의 애들 다 그런 거 몰

라. 보이는 대로만 믿고 떠들고 널리 퍼뜨리지. 그다음에 어떻게 되건 상관도 안 하고. 누가 아픈지 누가 우는지 누가 쓰러지는지 누가 죽고 싶어 하는지, 그런 건 관심도 없지. 무책임하게 다다다 말해 버리면 그만."

혜서가 단정적으로 말해 버리니 서운했다.

"나 안 그래, 혜서야."

"오늘 본 거, 학교 가서 다른 애들한테 말하고 싶어 입이 근질근질할 텐데?"

"내가 그런지 네가 어떻게 알아?"

"물론, 다 떠벌리고도 악의는 없었어, 라고 순진하게 덧붙이겠지."

와락 속이 상했다. 둘만의 비밀이 생긴 거라고 들뜨려던 마음도 온데간데없어졌다. 마음 같아선 혜서를 두고 혼자 가 버리고 싶었다. 나 지금 화났어, 하는 쌩한 뒷모습을 보여 주며 휠휠.

그러나 그것조차도 혜서가 나를 앞질렀다. 벌써 저만큼 앞서 있는 혜서의 등을 바라보며 나는 터덜터덜 걸었다. 혜서가 내게 한 말들이 긴 그림자가 되어 나를 따라왔다.

혜서와 얼마쯤의 거리를 둔 채 밤거리를 걸으며 곰곰 생각해 보았다. 혜서 말처럼 악의 없이, 무심히 쏟아 버린 말들이 얼마나 될까. 그 말들로 상처 입어 눈물 흘린 사람들은 또 얼마나 될까. 문득 두려워졌다.

나는 걸음을 빨리해 혜서 곁으로 바짝 붙었다. 혜서는 원래부터 혼자였던 것처럼 걷고 있었다.

"화났어?"

혜서는 대답이 없었다.

"진짜 화났구나."

"너한테 화난 건 아냐."

"그럼?"

"그런 사람들이 있어."

"어떤 사람들?"

"자기 눈에 보이는 대로만 알고 믿고 떠드는, 그런."

"나는 아냐. 진짜야."

"아닌 줄 알았던 사람들도 어떤 상황에선 결국 그렇게 되어 버려."

어떤 상황이냐고 묻고 싶었다. 하지만 전학을 오기 전 지난 학교에서 있었던 사연이며 혜서의 상처에까지 연결되는 이야기인 것 같아 차마 물을 수가 없었다. 다만 다짐하듯 말해 주었다.

"난 안 그래. 아니, 안 그럴 거야."

나는 침묵하는 혜서의 팔짱을 꼈다. 그저께 밤 소영이가 그러고 있었듯이 다정스럽게. 뿌리치지 않는 혜서가 고마웠다.

6주 전

소영

금요일, 중간고사가 끝났다.

지원이는 경주로 2박 3일 가족 여행을 떠나고, 혜서는 오빠랑 영화를 보러 간다고 했다. 그리고 나는…….

"오늘도 도서관에 갈 건 아니지?"

혜서가 물었다. 나는 빙긋 웃으며 되물었다.

"왜. 같이 가 주려고?"

"같이 가자."

"오빠랑 약속 있다며."

"그러니까. 나랑 같이 나가자고."

아련하게 퍼지던 혜서 오빠의 전화 속 목소리가 생각났다. 혜서 앞에서 볼이라도 붉어질까 봐 얼른 일어나 교실 뒤편의 사물함으로 왔다. 꺼낼 것도 없으면서 사물함 속을 부지런히 뒤지고 있으려니, 누가 내 어깨를 톡톡 쳤다.

"세 시쯤 전화할게."

혜서였다.

나는 교실을 나가는 혜서의 뒷모습을 물끄러미 바라보았다. 혜서와 혜서 오빠와 나. 셋의 그림을 그려 보았다. 그 그림 속에 들어가고 싶기도 하고 싫기도 했다. 어느 쪽 마음이 더 큰지는 알 수 없었다. 그러고 싶어도 그럴 수 없다는 현실적인 제약이 오히려 편안했다.

"소영아, 나 먼저 간다. 엄마가 빨리 오라고 난리야."

휴대폰을 흔들어 보이며 지원이가 말했다. 벌써 뒷문을 나서고 있는 지원이에게 나는 인사를 던졌다.

"여행 잘 다녀와."

"그래!"

지원이는 돌아보지도 않고 대답하고선 손만 하나 올려 까딱였다. 저렇게 서두르는 이유가 혜서를 따라잡기 위해서라는 걸 모르지 않았지만, 처음만큼 마음이 아리지는 않았다.

차츰 익숙해진다는 것.

지원이의 경우, 나에게 그건 슬픈 체념하고도 좀 닮았다. 밀려오는 파도 앞에 젖은 양말을 신고 서 있는, 그런 기분. 그렇지만 내게는 혜서의 경우도 있으니까. 지원이로 인해 얻은 빈틈이 점점 채워져 오는.

그런데 뭔가 이상하긴 하다. 애초에 혜서가 없었다면 생기지 않았을 빈틈이니까. 혜서로 하여 생겨난 지원이와의 틈을 조금씩 채워 주는 것도 혜서. 원인이 혜서이니 혜서가 원망스럽거나 미워야 마땅할 텐데 그렇지 않다는 것 또한 이상하다.

생각에 생각을 더하며 혼자서 천천히 걸었다. 집이 가까워지자 나도 모르게 꼭대기 층을 향해 고개를 들었다. 혜서가 올려다보던 집이 어디일까 가늠해 보았다. 한낮이라 맨 위층 어디에서도 따뜻한 불빛 같은 것은 찾을 수 없었다.

혜서의 그 애는 알까. 혜서가 날마다 여기 와서 제 집을 올려다본다는 것을. 오늘 밤에도 혜서가 여기에 오면 그 애에 관해 물어봐야겠다. 궁금하다고, 너를 알고 싶다고, 오늘은 혜서에게 말해야겠다.

혜서

〈소원〉.

영화를 보며 울었다. 오빠가 그러라고 선택한 영화라는 걸 알았다. 오빠에게 고마웠다. 언젠가 그 애랑 같이 이 영화를 볼 수 있었으면 좋겠다고 생각했다. 마주 보지 않고서 같이 울었으면. 그 애는 물론 원하지 않을 테지만.

영화가 끝난 뒤 사람들이 다 나갈 때까지 자리에 앉아 있었다. 나가자 재촉하지 않고 오빠도 곁에 있어 주었다.

사람들로 붐비는 영화관 화장실에서 푸푸 세수를 했다. 얇게 펴 발랐던 비비크림이 지워진 민얼굴이 촉촉했다. 참 오랜만에 눈물이 흘러간 얼굴이라서 그런지도 몰랐다.

오빠와 함께 저녁을 먹으러 갔다. 포크로 스파게티를 돌돌 말아 올리며 먹고 있는데, 오빠가 물었다.

"동아리는 어때? 재미있어?"

"그럭저럭."

"동아리 애들이랑은? 잘 지내?"

"왜 갑자기 엄마처럼 굴어?"

오빠가 크크 웃었다. 저렇게 익살스럽게 웃을 때도 나보다 열 살은 더 많은 어른 같다. 아빠에게서 맏이라든가 장손이라든가 하는 호칭을 이름처럼 듣고 자라서 그럴까.

"내 동생한테 괜히 까다롭게 구는 애는 없는지 궁금하고 걱정돼서 그러지."

마음이 찡해졌다. 영상 제작 동아리에도 우리 반에도 특별히 까다롭게 구는 애는 없다. 다만 모두가 일정량의 거리를 두고 있을 뿐이지. 아니면 뒤에서 수군대거나. 그래도 소영이가 짝이라서 괜찮다. 눈만 마주치면 기다렸다는 듯 반짝반짝 웃는 지원이도 있고.

"그럴 겨를도 없었어. 동아리 애들 다 모인 건 딱 한 번. 그 뒤론 시험 기간이라 팀별로 따로 만나서 작업했고."

"아, 베이비박스 그거?"

"응."

"내 아이디어 좋았지?"

"다큐 프로그램 뒤져서 정확한 위치를 알아낸 건 나야."

나는 뻐기듯 말했다. 오빠가 또 어른처럼 싱긋 웃으며 엄지까지 들어 보였다.

"굿 잡. 뭐 좀 담았어?"

"아직."

"꼭 실제 상황 자체를 담아야만 하는 건 아니니까. 거긴 기본 배경 또는 시작점으로 두고 생각해 볼 만한 이슈를 잡아내는 게 중요하지."

"피디 나셨네."

"칭찬이지?"

"맘대로 생각하셔."

"오케이."

"실은 뭘 하나 담긴 했는데. 예고편인 것 같아서 좀 신경이 쓰여."

"예고편이라니?"

"실제 상황이 일어나기 전에 미리 와서 탐색해 두는 그런 거 말야. 근데, 아니었으면 좋겠어. 왜냐하면……."

나는 망설였다. 우리 학교 교복을 입고 있던 그 여학생에 대해서 지원이한테는 함부로 판단하지 말라고 쏘아붙여 놓고선, 오빠 앞에서 이야깃거리로 만들어도 되는 것인지. 역시 말하지 않는 편이 낫겠다.

"왜냐하면 뭐?"

"아니야, 아무것도."

"가족끼리 비밀 만들기 없다."

오빠가 짐짓 으름장을 놓았다. 나는 코웃음을 쳤다.

"이젠 아빠 코스프레까지? 됐네요. 그냥 먹기나 하세요."

"아빠 안 보고 싶어?"

"얼굴도 잊어버렸는걸."

오빠가 입을 다물었다. 괜히 아빠를 입에 올렸나 보다. 입맛이 싹 달아났다.

"다음 주에 아빠 생신이잖아."

"그런 것까지 잊어 먹진 않았어."

"우리 다 같이 저녁 먹자고."

"행복한 가족인 척하면서?"

"송혜서."

"왜."

"어쩌다 한 번쯤은 오빠 대접 좀 해 봐."

"착하게 끄덕이라고?"

"응."

"나만 끄덕이면 만사 해결이야?"

"엄마는 네가, 아빠는 내가. 우리 둘이서 각자 한 사람씩 맡아서 가족 만찬의 뜻을 모아 보자, 이거지. 어때? 콜?"

콜! 하고 즐겁게 외쳐 줄 수 있으면 나도 가뿐하겠다.

"오빠는 자신 있어?"

"솔직히, 아빠 꺾을 자신은 없어."

"솔직해서 좋네."

"그래도 시도는 해 볼 거야. 밑져야 본전이잖아?"

밑져야 본전이라는 말, 순 엉터리다. 밑지는데 어떻게 본전을 건질 수 있단 말인지 모르겠다. 기회비용이란 건 생각도 안 하나? 그리고 좌절로 인한 상처는? 후회는? 절망은? 다음 시도에 대한 두려움은?

"밑지면 손해지, 무슨 본전이야?"

"이마 이리 내."

"이마는 왜?"

"꿀밤 야무지게 한 방 주려고 그런다."

"오빠 대접 안 해 준 벌이야?"

"그래."

"송재서는 아빠 안 닮았다."

"천만다행이지?"

그런데 송혜서는 엄마를 쏙. 그 말을 머금고서 나는 그저 웃었다.

오빠가 지나가는 말처럼 물어 왔다.

"진짜 친구는 언제 보여 줄 거야?"

소영

열한 살, 아홉 살, 일곱 살, 여동생들 셋을 차례로 목욕시키고 나니 진이 다 빠졌다. 보통은 토요일에 하는 일인데, 내일 혜서와 약속이 잡힐 것 같아 오늘 당겨서 해 버렸다.

엄마는 둥그렇게 부른 배를 끌어안고 소파에 모로 누워 있었다. 기미 낀 엄마 얼굴이 오랫동안 먼 길을 걸어온 사람처럼 잔뜩 지쳐 보였다. 아무래도 오늘은 저녁도 내가 지어야 하려나 보다.

쌀을 씻어 안쳐 놓고, 한 아름 쏟아져 나온 빨랫감들을 모아 세탁기에 넣고, 걸레를 빨아다 거실 바닥부터 닦기 시작했다. 어차피 주말이면 다 내가 해야 될 일들이므로 오늘도 별 생각 없이 손을 놀렸다.

"소영아!"

나는 걸레질을 멈추고 엄마를 돌아다보았다. 곤히 자는 줄 알았던 엄마가 나를 보고 있었다.

"왜?"

"그만둬."

윤기라곤 찾아볼 수 없이 거칠거칠한 엄마 목소리. 찬 바람이 돌면 곧잘 트곤 하는 내 입술이랑 똑같다.

"뭘 그만둬?"

"그렇게 열심히 쓸고 닦고 하지 말라고."

언제는 안 한다고 야단이더니만. '힘들지?'라든가 '고마워.'

라든가, 그런 말이라도 건네 주면 좋으련만. 그러면 거친 내 마음도 한결 보드라워지련만. 불퉁해진 마음에 걸레로 바닥을 더 빡빡 문질렀다.

"우리 오늘 저녁엔 외식할까?"

외식이라니. 엄마 사전에 그런 단어는 없다. 장난하나, 싶었다.

"왜 그래?"

"뭘?"

"무슨 날도 아닌데 웬 외식."

무슨 날이라고 해서, 이를테면 식구들 중 누구의 생일이라거나, 시험 성적이 월등히 올랐다거나, 학교에서 상장을 받아 왔다거나, 그럴 때도 외식 같은 건 해 본 적이 없다. 그러니 내 말은 기본적으로 웃긴 얘기다.

"밥 안쳐 놨어. 더 자."

나는 엄마에게서 시선을 돌리고는 바닥 닦기에만 열중했다. 건넌방 닫힌 방문 안에서 동생들이 또 싸우는지 떠들썩했다.

"소영아."

엄마가 또 부른다. 돌아보지도 않고 심드렁하게 대답했다.

"왜."

"너희 아빠가……."

나는 걸레질하던 손길을 멈추었다.

"시골 내려가서 살잔다."

난데없는 외식 발언에 이어 이건 또 무슨 뚱딴지같은 소리인지 모르겠다.

"시골? 무슨 시골?"

"너희 할머니네 집."

"아빠 회사는 어쩌고?"

"회사, 곧 나와야 한대. 구조 조정인지 뭔지가 있다나 봐. 눈곱만 한 퇴직금이라도 챙기려면 이번에 나오는 게 좋겠다고 그러더라."

뭐라 할 말이 없어 멍하니 있었다. 움켜쥔 축축한 걸레가 꼭 내 마음만 같았다. 어마어마한 대출을 떠안고 이 아파트를 샀다는 것을 그간의 수없는 부부 싸움 덕에 나도 알고 있었다. 아빠가 퇴직하게 되면 당장 그 대출금부터 난관이다.

아빠도 별 도리가 없어서 할머니네 집으로 내려가 사는 방법을 선택한 거겠지. 그렇지만, 싫다. 거긴 고등학교는커녕 중학교도 없는 그야말로 깡 시골이란 말이다. 맙소사. 이제부터 내 인생은 어떻게 되는 걸까.

공부만 죽자고 파면 길이 열릴 거라 믿었다. 그런데 돌아가는 모양새를 보니 도무지 그럴 것 같지가 않다. 내게 다가올 내일도 모레도 글피도 내내 회색일 것만 같다. 난 싫어! 앙칼지게 소리 지르고 싶었다. 그러나 현실의 나는 차분히 묻고 있었다.

"그래서, 엄마도 그러기로 한 거야?"

"그러기로 하나 마나, 상황이 그런데 어떡하니. 나도 답답해. 아기 낳을 날도 다가오는데. 그런 데서 어떻게…… 후유."

엄마 한숨이 무거웠다. 나도 어깨가 축 처졌다. 첫째, 거기가 살게 되면 지원이와 헤어져야 한다. 이제 막 친해지기 시작한 혜서와도. 둘째, 내가 없으면 지원이와 혜서는 단짝이 될지도 모른다. 싫다. 정말 싫다, 그런 건.

"엄마."

"응?"

"할머니 집, 나는 안 가면 안 돼?"

엄마에게 처음으로 부탁이라는 걸 해 본다. 아니, 애원을. 방법이 없어서일까. 나를 보는 엄마 눈동자가 공허했다.

지원

해마다 가을이면 연례행사처럼 찾아오는 경주. 엄마는 지겹지도 않은지 모르겠다. 아빠도 은근 지루해하는 기색인데, 엄마만 신이 났다.

엄마와 아빠가 2인용 자전거를 타고 너른 역사 유적지 안을 돌아다니는 동안, 나는 첨성대가 건너다보이는 벤치에 앉아 오랜만에 연락이 온 중학교 때 친구와 문자를 주고받고 있었다.

– 여기는 경주.

– 좋겠다. 시험 끝나자마자 여행이라니!

- 제주도쯤은 가 줘야 여행이지. 해마다 오니까 이젠 경주 사람 다 됐다니깐. 뭐가 어디에 있는지 척척. 가이드를 해도 될 지경이야.

- 너희 부모님 참 특이하다. 왜 해마다 경주래?

- 첫사랑의 추억이 경주에 있다나 뭐라나.

- 엥?

- 우리 엄마랑 아빠랑 둘이 첫사랑이었거든. 경주에서 처음 만났고. 역사적인 첫 만남과 이루어진 첫사랑을 기념하느라 해마다 경주로 고고씽!

- 대다나다. ㅋㅋㅋ

- 그러게. ㅋㅋ 참, 아까 나한테 뭐 물어볼 거 있다고 그랬잖아.

- 맞다. 내 정신. 송혜서 너네 학교로 갔지?

이건 몰라서 물어보는 게 아니다. 불확실한 사실을 확인하는 물음도 당연 아니다. 말하자면 이건 뒤에 숨겨진 진짜 물음의 시초다. 나는 살짝 긴장했다. 우리 반이라고는 말하지 않고 그냥 물었다.

- 왜?

- 너 걔 스토리 모르지?

말해 주고 싶어 안달이 난 얼굴이 문자에서도 고스란히 읽혔다. 사실, 알고 싶었다. 하지만 혜서를 속속들이 알고 싶은 마음이 호기심을 충족시킬 뒷담화로 흘러가는 건 싫었다. 머뭇거리고 있으려니 대답을 기다리지 못하고 문자가 왔다.

- 혜서 때문에 어떤 애가 죽으려고 했대.

쿵쾅, 쿵쾅, 코끼리가 마구 달려들었다. 나는 심호흡을 하고

서 등을 벤치 등받이에 기댔다. 혜서가 왜? 라는 의문이 마치 내 억울함처럼 마음에 고였다. 내 속을 들여다보기라도 한 듯 설명이 날아왔다.

- 왕따. 언어 폭력. 뭐 그런 거. 혜서 혼자 그런 건 아니지만. 어쨌든 주동
  자는 혜서래.

거대한 코끼리가 내 몸속을 멋대로 돌아다녔다. 왕따, 폭력, 주동자. 흔히 들어 오던 말들이지만 혜서와 이어지니까 두려웠다. 그럴 리가 없어, 생각했다. 나는 느릿느릿 문자를 찍었다.

- 네가 그걸 어떻게 알아?

혜서랑 같은 학교 다녔던 것도 아닌데, 라는 말은 입 안에만 두었다. 곧 대답이 날아들었다.

- 우리 언니 친구가 그 학교 다니잖아. 전학 가기 전에 혜서 다니던 학교.
  우리 언니가 친구한테서 듣고 나한테도 얘기해 준 거야.

강제 전학이라는 얘기는 어렴풋이 들었다. 그렇지만……

- 그 얘기 듣고 우리 엄마는 친구를 잘 사귀어야 한다고 아주 일장 연설
  을. 그런 애 옆에는 아예 가지도 말라나?

내버려 두라던 심장욱 선생님 말도 정말 그런 의미였을까? 가까이 다가가지 말라던 엄마 생각이 맞는 걸까?

- 그러니까 지원이 너도 조심하라고.

- 뭘 조심해?

- 혜서!

강조하듯 느낌표까지. 나는 느낌표가 붙어 더욱 도드라져 보이는 혜서의 이름을 한참 동안 들여다보았다. 여태 들려오던 주변의 잡다한 소음이 아스라하게 느껴졌다. 여행이고 뭐고 다 시시해졌다.

"지원!"

엄마 목소리다. 고개를 들자, 자전거에서 내려서는 엄마가 보였다. 엄마는 활짝 웃고 있었다. 나도 엄마를 향해 활짝 웃었다. 연기 학원 다닌 지 이제 겨우 2개월 째이지만, 아무 일 없는 척 웃어 보이는 것쯤은 어렵지 않다.

"교대하자."

엄마가 내 옆으로 와 앉으며 말했다.

"아빠 힘들겠다."

"둘이 같이 달리는데 무슨."

지금은 내키지 않았다. 내 마음도 모르고 자전거 위에서 아빠가 어서 오라고 손짓을 했다. 나는 휴대폰을 주머니에 집어넣고 자전거에 올랐다.

"간다!"

아빠가 말했다. 아빠와 발을 맞춰 페달을 밟았다. 자전거가 오솔길을 따라 부드럽게 나아갔다. 얼굴로 달려드는 바람이 사뭇 상쾌했다. 가슴이 꽉 막힌 듯 답답했는데, 타길 잘했다 싶었다.

"지원!"

"응?"

"또 마음이 이상해?"

"어떻게 알았어?"

"우리 딸 얼굴 보면 알지."

가끔 느끼는 거지만, 엄마보다는 아빠가 촉이 훨씬 좋은 것 같다.

"착잡해."

"착잡한 것도 알고. 우리 딸 많이 컸네."

"열일곱 살인데 그런 걸 왜 몰라. 아빠는 참. 내가 아직 일곱 살 어린앤 줄 아나 봐."

아빠 등에서 잔잔한 웃음이 느껴졌다.

"아빠!"

"응?"

"아빠는 친구 말 어디까지 믿어?"

"왜? 믿고 싶지 않은 말을 들었어?"

"응."

"어떤 얘긴데?"

"그건 말할 수 없어."

"말할 수 없다니까 더 궁금해지는데?"

"그래도 말 못해."

"그럼 말하고 싶어질 때 말해 주기."

혜서 얘기를 해 주면 아빠도 그런 애랑은 가까워지지 말라고 그럴까? 세상 모든 부모들처럼? 모든 선생님들처럼? 모든 어른들처럼? 그럼 절대로 말하지 않을 테다. 엄마도 아빠도 모르게 할 테다.

"아빠!"

"응?"

"나는, 내가 아는 것만 믿을 거야."

"좋은 생각!"

아빠가 흔쾌히 동의해 주니 착잡하던 마음이 그나마 개운해졌다. 머리 위로 내리는 햇볕이 따가웠다. 얼른 돌아가, 내가 아는 혜서를 만나고 싶었다.

혜서

오늘은 불빛이 없다. 그 애네 집에도, 7층 소영이네 집에도. 어째서일까. 아직 밤이 깊은 것도 아닌데.

나는 건물 입구의 층계참에 쪼그리고 앉아 소영이에게 전화를 걸었다. 받지 않으니 궁금해졌다.

– 어디 있어?

문자를 보냈지만 소영이한테서는 답이 오지 않았다. 이런 적이 없어 걱정이 되었다. 지원이에게 문자를 해 볼까 하다 말았다. 소영이 안부를 묻기 위해 지원이에게 연락한다는 건 좀 그렇다. 게다가 지원이는 지금 가족 여행 중이다. 아마도 행복할 것이다.

작년까지만 해도 한 해에 두세 번은 우리도 가족 여행이라는 걸 갔다. 그때는 우리 집도 행복했다. 가족의 행복에 대해 과거형으로만 표현하게 되는 건 참 쓸쓸한 일이다. 어쩌면 그 애네 집도 그럴까?

"너……."

귀에 그리 설지 않은 목소리가 목덜미로 휘감겨 왔다. 끝이 잦아드는 그 목소리 쪽으로 고개를 틀었다. 불빛 아래 일그러진 얼굴이 하나 떠서 나를 내려다보고 있었다. 이 아줌마가 누구인지 나는 단박에 알아보았다. 나는 스르르 쓰러질 듯 계단에서 일어섰다.

"너……."

나를 알아본 게 분명한 그 애 엄마가 내 이름조차 입에 담기 싫다는 듯, 기가 막힌다는 표정으로 나를 보았다. 안녕하세요, 라는 습관적인 인사말은 이 상황에 어울리지 않았으므로, 나는 고개만 꾸벅 숙여 인사했다.

"너 여긴 왜 얼쩡대는 거니? 또 무슨 짓을 하려고?"

다그치는 목소리가 쩌렁쩌렁했다. 나는 뒷걸음질을 치듯 눈길을 아래로 내려뜨렸다.

"우리 애 그 꼴 만들어 놓고서 넌 멀쩡히 학교 잘 다닌다더라?"

멀쩡히 잘 다니지는 않는다고, 하루하루가 살얼음판 위를 걷는 것 같다고, 미끄러져 넘어지지 않으려고 매 순간 무진 애를 쓰고 있다고…… 말해도 괜찮을까. 그러나 생각만으로 그쳤다.

"학교만 옮기면 다야? 아무 일 없었던 척 여기저기 당당하게 잘도 돌아다니고. 죄를 지었으면 그에 합당한 벌을 받아야지."

죄.

벌.

꽝꽝, 붉디붉은 낙인이 차례로 이마에 찍히는 것 같다. 새삼 아프고, 새삼 억울하기도 했다.

"우리 앤 지금도 심리 치료를 받고 있는데, 넌 이렇게 말짱하다니. 너 같은 건 퇴학을 시켜도 모자라."

그랬어야 했을까. 내가 퇴학이라도 당했다면 그 애 엄마랑 그 애가 조금이나마 속이 후련해졌을까.

"자퇴, 할까요?"

"뭐?"

"제가 자퇴하면 아줌마 마음이 편안해지실 건가 하고요."

"얘가……. 고개 빳빳이 쳐들고 말하는 것 좀 봐. 너 지금 나하고 담판이라도 짓자는 거야, 뭐야."

"그런 게 아니라요. 제가 어떻게 하면 연주 마음이 편……."

짝. 온 힘을 다해 치는 박수 소리가 들렸다고 생각했다. 아니었다. 그 애 엄마가 내 뺨을 내려치는 소리였다. 뺨은 물론 머리통까지 다 얼얼해서 아무 감각도 느껴지지 않았다. 나는 휘돌아 간 얼굴을 제자리로 돌려놓았다.

"내 딸 이름 입에 올리지 말랬지."

기억난다. 생생히. 내 딸 이름 다신 입에 올리지 마. 그 명령
이 떨어진 날부터 연주는 상념 속에서도 '그 애'가 되었으니까.

"너, 내 눈 앞에 또 나타나면 가만 안 둘 줄 알아."

엄포를 놓고선 연주 엄마가 돌아섰다. 엘리베이터 문이 열
리고 닫혔다. 내 눈앞에서 연주 엄마가 사라졌다.

비로소 뺨이 홧홧해져 왔다. 불길이 이는 뺨을 어루만지지
도 못한 채 나도 돌아섰다. 목을 푹 꺾고 계단을 걸어 내려가
는데, 가지런히 모아 붙인 운동화 앞코가 눈에 들어왔다. 고개
를 들었다.

"혜서야."

목 놓아 울 수도 없는 지금. 내 이름을 부르는 사람. 안타까
운 눈빛으로 바라보며 내 이름을 다정하게 불러 주는 사람.
나도 그 이름을 불렀다.

"소영아."

5주 전

소영

월요일. 저녁 무렵 내리기 시작한 비가 야간 자율 학습이 끝날 때까지도 그치지 않았다.

나는 가방에 책을 넣으며 창밖을 내다보았다. 교문 앞 도로변에는 딸을 데리러 온 차들이 즐비했다. 보통 때도 죽 늘어서 있곤 했지만, 오늘은 훨씬 더 많아 보였다.

비가 오건 눈이 오건, 엄마가 학교에 우산을 가져다준 적은 없다. 동생들 건사하느라 그럴 겨를조차 없다는 게 맞을 거다. 딱히 섭섭해했던 기억도 없다. 그러려니 하면 편했다.

지원이라도 있었으면 지원이 엄마가 챙겨 왔을 우산을 함께 쓰고 갔을 텐데. 지금 지원이는 학원에 있고, 지원이 엄마도 아마 버스 정류장으로 마중을 나갔을 것이다.

날도 서늘한데 추적추적 내리는 비를 맞고 집까지 갈 생각에 서글퍼졌다. 아이들이 다 나간 뒤 맨 마지막으로 교실을 나서는데, 문자메시지 들어오는 소리가 났다.

－ 왜 안 나와?

혜서였다. 의아함이 먼저, 곧이어 반가움이 밀려들었다. 급해진 마음에 복도와 계단을 한달음에 내달렸다. 1층 입구에 우산을 받쳐 든 혜서가 기다리고 서 있었다.

"뭐야, 너."

툭, 조금 퉁명스럽다 싶게 내뱉었다. 이럴 땐 기쁨을 기쁨 그 자체로 순수하게 표현할 줄 아는 지원이 성격이 부럽다.

"반갑지?"

잔잔한 웃음을 머금고서 혜서가 물었다. 나를 향해 웃음 짓는 혜서와 그 웃음을 마주 바라보는 나. 6학년 그때는 이런 날이 오리라곤 상상도 하지 못했다. 비 오는 밤, 나를 위해 우산을 가져와 기다려 주는 혜서는 더더욱.

나는 혜서의 우산 속으로 들어섰다. 언젠가의 밤처럼 혜서의 팔짱을 꼈다. 방금 전만 해도 축축한 가을비가 짜증스럽더니 지금은 우산 위로 떨어지는 빗소리도 정겨웠다.

"귀찮게 뭐 하러 와."

"반가우면 반갑다고 하는 거야."

"야자 안 하니까 남는 게 시간이지?"

"고맙다는 말이지?"

"상상도 못했어."

"그래서 더 기쁘다고? 알겠어."

지금의 혜서. 발랄하진 않지만 맑은 날의 아침 공기처럼 산뜻하다. 다행이다. 그저께 밤의 일을 생각하면 아직도 내 가슴이 선득해지는데. 다행히 혜서는 잘 버티고 있나 보다.

빗속을 둘이서 나란히 발 맞춰 걸었다.

"소영아."

"응?"

"나랑 친해지고 싶었대. 그 애 말이야."

새삼스러울 것도 없다. 누구든 그랬으니까. 혜서를 알게 된 어떤 아이건 혜서와 친해지고 싶어 했다. 혜서에게 특별한 친구가 되고 싶어 했다.

열세 살 적의 나도 그랬다. 그런 내 마음을 순순히 인정하지 않았을 뿐이다. 나와는 다른 세계에 속한 아이라는 이질감만 되새기곤 했으니까.

"나는, 몰랐어. 알았더라도 특별히 관심 갖진 않았을 거야. 그 애가 좋다거나 싫다거나 그런 걸 떠나서, 그 애뿐만 아니라 누구에게도 그건 똑같았어."

혜서의 그런 면을 나도 안다. 냉정함과는 결이 다른 무심함이랄까, 건조함이랄까. 누구에게도 겉치레의 배려는 하지 않는 아이. 그래서 우산을 들고 나를 기다려 준 오늘이 더 믿기지 않는 거다.

"내가 앞장서서 그 애를 따돌렸다고들 하는데……. 그게 사실인지 아닌지 지금도 나는 잘 모르겠어."

사실 또는 진실.

오해 또는 거짓.

그 미묘한 차이를 1퍼센트의 오차도 없이 명확히 판단해 낼 사람이 세상에 있을까? 혜서가 잘 모르듯이 나도 잘 모른다. 전적으로 그 아이 입장에서 이야기를 들어 봐도 역시 그럴 것이다.

"나는 그냥 나로 살았는데……. 그랬는데……. 무관심도 죄가 될 수 있구나. 그 애가 내게 서러움과 원망에 가득 찬 유서를 남기고 죽으려 했을 때, 알게 됐어."

냉정하게 들릴지도 모르지만, 나는 죽음이 모든 문제를 푸는 열쇠라고는 생각지 않는다. 죽음 앞에서, 남겨진 사람들을 손쉽게 죄인으로 만드는 것에도 동의할 수 없다. 그렇지만 죽음이라는 명제는 사람을 변화하게 만드는 중요한 계기가 되어 주는 것 같긴 하다.

"혜서야."

"응?"

"너 때문이 아니야."

내가 해 줄 수 있는 말은 고작 이것뿐이다. 사실이든 진실이든 오해든 거짓이든 다 상관없이, 혜서 너 때문이 아니라고 감히 주장해 보는 것. 나만이라도 그렇게 믿는 것. 믿어 주는 것.

"그럴까?"

"응. 난 그렇게 생각해."

빗속에서 교차로에 이르렀다. 오른쪽은 우리 집으로, 왼쪽은 혜서네 집으로 가는 길. 혜서가 들고 온 또 하나의 우산을 내밀었다.

"이거 쓰고 가."

나는 얌전하게 접힌 우산을 받아 들었다.

"고마워."

"나도. 나도 고마워, 소영아."

고맙다는 말. 혜서에게서 들으니 특별하게 와 닿았다. 진심임을 알기에 그랬다.

"너를 말해 줘서 내가 더 고마워."

나도 진심을 담아 말했다.

"이소영, 너 옛날엔 나 별로 안 좋아했잖아."

"그땐 아마 그랬나 봐. 그랬던 것 같아."

"지금은?"

"알잖아. 지금은 어떤지."

혜서가 웃었다. 고요한 웃음이 빗소리와 섞여 내 마음에 번졌다.

지원

사이좋게 나란한 두 개의 등. 혜서와 소영이다. 요즘은 늘 그렇다. 교실에서도 교실 밖에서도 함께인 둘의 등을 바라볼 때가 많다.

경주에 다녀온 동안 둘 사이에 내가 모르는 특별한 스토리라도 생긴 것은 아닌지. 알고 싶지만 묻고 싶진 않다.

때때로 나는 소영이가 원망스럽다. 나한테서 혜서를 가로챈 것만 같은 느낌. 소영이가 아니었다면 혜서는 오직 나하고만 가까워졌을 것 같아서. 때때로 나를 가로지르는 그런 내 마음들이 밉다.

짝꿍이 슬쩍 내 옆구리를 찔렀다. 무심히 돌아보니 눈짓으로 앞을 가리켰다. 심장욱 선생님이 미간을 살짝 찌푸린 채 나를 보고 있었다. 하여튼 수업에 집중 안 하는 건 귀신같이 알아챈다. 찔끔한 나는 얼른 책으로 눈을 내렸다.

"심 할매, 수업 끝나고 교무실로 오시라."

또 저 할매 소리. 나는 입을 비쭉였다.

"대답하시라."

"네."

모기 소리만 하게 대답했다. 소영이가 나를 돌아보았다. 나는 눈빛도 마주치지 않고 모른 척했다. 일부러 그랬지만 기분은 더 나빠졌다.

수업이 끝난 뒤 무거운 걸음으로 1학년 교무실로 갔다. 나를 본 심장욱 선생님이 컬러풀한 직사각형 종이 한 장을 내밀었다. 청소년 영상제 팸플릿이었다.

"이게 뭐예요?"

"한글 몰라?"

"그게 아니라요. 수업 중에 한눈판다고 찍혀서 불려 온 줄 알았거든요."

"벌점에 따분한 훈계를 기대했는데 아니어서 실망했다 이 거지?"

"아, 아니요."

나는 잽싸게 손사래를 쳤다. 입가에 생글 웃음도 떠올렸다.

"중간고사도 끝났으니까 열심히 준비해서 한번 도전해 봐. 뭐, 어차피 공부랑 담 쌓은 녀석이니까 시험이야 상관도 안 했겠지만."

"참 나. 쌤은 무슨 말씀을 그렇게 험악하게 하세요? 저도 시 험 무지막지하게 상관하거든요?"

"걸핏하면 수업 중에 딴생각 파는 놈치고는 당당하다? 아 니, 뻔뻔한 건가?"

"뻔뻔보다는 당당이 낫네요. 당당으로 해 주세요."

"말은 잘한다."

"당당하니까요."

"가 봐."

시크하게 한마디 날리고서 심장욱 선생님이 책상 쪽으로 돌아앉았다. 보이지도 않으련만 혀를 날름 내밀어 보이고 돌 아서는데, 선생님 목소리가 나를 붙들었다.

"신입은 어때?"

나는 심장욱 선생님에게로 되돌아섰다. 선생님 눈길은 여전히 책상 위로 내려져 있었다.

"무슨 신입이요?"

"너희 동아리 신입."

우리 동아리 신입이라면 혜서뿐이다. 혜서가 우리 동아리에 들어온 걸 선생님도 알고 있었나 보다.

"잘하고 있어?"

"내버려 두라면서 웬 관심이래요?"

"너 청개구리띠잖아."

"네에?"

그러니까, 반어법이셨다? 내버려 두라 그러면 더 관심 기울일 거라는 계산으로? 그렇다면 참말 다행이다. 심장욱 선생님은 적어도 흑과 백으로 분류하는 어른들에 속하진 않는다는 의미고, 그런 어른이 혜서를 마음 쓰고 있다는 얘기니까.

"쌤, 저 청개구리띠 아닌데요."

"내 눈엔 너희들 다 청개구리띠야."

"쌤은 고단수시고요."

심장욱 선생님이 싱긋 웃었다.

"고맙습니다."

"뭐가?"

나는 손에 쥔 팸플릿을 달랑이며 대답했다.

112

"이거랑……."

혜서요. 혜서에 대한 은은한 관심요.

"그거랑 뭐."

"아니에요."

꾸벅, 90도 인사와 함께 생긋 웃어 보이고 교무실을 나왔다. 나는 교실로 걸어가며 청소년 영상제 팸플릿을 펼쳐 보았다. 주제는 자유, 출품 마감일은 11월 30일. 한 달 남짓 남았다.

편집도 해야 하고 배경 음악이랑 자막도 넣어야 하니 그리 넉넉한 시간은 아니다. 늦어도 11월 3주 차에는 촬영이 마무리되어야 할 터. 이제부터는 베이비박스 앞에 좀 더 자주 나가 봐야겠다.

소영이는 아무래도 야자 때문에 저녁에 시간을 빼기가 힘들 테고, 그러니까 혜서랑 나만.

혼자 세우는 계획만으로도 설레었다.

혜서

아빠 생신을 빌미로 엄마와 아빠를 한자리에 모아 보려는 오빠의 시도는 실패했다.

엄마는 지방 특강을 이유로 댔고, 아빠는 한 달 전에 잡혔다는 동창 모임을 내세웠다. 그럴 줄 알았기 때문에 나는 실망하지 않았다. 낙담한 듯 보이는 오빠에게 나는 오빠가 내게 했던 말을 돌려주었다.

"누가 그러더라. 시간이 필요한 일이 있다고."

오빠가 빙그레 웃었다. 나는 준비해 둔 케이크에 아빠 나이만큼 초를 꽂았다. 성냥을 그어 초에 불을 붙이는 건 오빠가 했다. 거실 불을 끄자 가느다란 촛불들이 아름답게 빛났다.

"생일 축하 노래는 부르지 말자."

내 말에 오빠가 대꾸했다.

"그래도 소원은 빌어야지."

"내 생일도 아닌데?"

"생일 케이크의 촛불에 대한 예의야."

오빠의 주장이 우스꽝스러웠지만 끄덕여 주기로 했다. 나는 눈을 감고 지금 내 소원을 말했다.

"맥주 한 캔."

"그게 다야?"

물론 아니다. 캔 맥주야 냉장고에서 꺼내 마시면 그만. 엄마도 없고 아빠도 오지 않는데, 그런 쉬운 게 소원이랄 것도 없다.

"내 친구 소영이."

"콜!"

오빠가 즐겁게 찬성했다. 나는 즉시 휴대폰을 집어 들었다.

"지원이도 불러."

"지원이 못생겼다니까?"

"소영이는 예쁘고?"

나는 오빠에게 살짝 눈을 흘겨 준 다음 후우 불어 촛불을 껐다. 소영이만 내 소원에 해당한다는 의미였다.

– 우리 집에 와.

학교에 있을 소영이에게 문자를 보내자 이내 답이 왔다.

– 언제?

– 지금.

– 지금? 야자는 어쩌고?

– 땡땡이쳐. 불금이잖아.

우리 오빠도 오늘 야자 빼먹었어, 라는 말은 생략했다. 어떡할까 망설이고 있을 소영이 표정이 눈에 선했다. 나는 다시 문자를 찍었다.

– 오늘 우리 엄마 안 들어와. 너 우리 집에서 자고 가도 돼.

– 진짜?

– 진짜. 그러니까 빨리 와.

– 알았어.

답장대로 소영이는 금세 왔다. 내 옆에 나란히 서서 맞이하는 오빠를 보곤 소영이 볼이 눈에 띄게 붉어졌다.

"반갑다. 난 재서야. 혜서 오빠. 지난번에 우리 통화한 적 있지?"

"아, 안녕하세요."

더듬거리며 소영이가 고개를 푹 숙여 인사했다. 오빠가 내민 손은 잡지 않았다. 손을 거두며 오빠가 멋쩍은 웃음을 지었다. 나는 쿡쿡 웃었다.

"오빠 와 있다고 왜 말 안 했어?"

거실로 들어가며 소영이가 내 귀에다 속삭여 물었다. 나도 속삭여 대답했다.

"그랬음 안 왔을 거잖아."

"그건 그래."

"우리 맥주 마실 거야."

소영이가 두 눈을 휘둥그레 떴다. 나는 까르륵 웃음을 터뜨렸다. 서로 차갑게 등을 돌린 엄마와 아빠. 외로이 버려진 생일 케이크. 나를 미워하는 그 애와 그 애 엄마. 그런 것들 다 잊고 웃을 수 있어 좋았다.

지원

아파트 이름과 동 호수를 들었을 때 제일 먼저 든 생각은 혜서네 집도 7층이라는 거였다. 신기한 우연에 왠지 즐거웠다. 7층 클럽이라도 만들어야 할까 보다. 소영이는 요즘 좀 얄미우니까 빼고, 혜서랑 나 둘이서만.

초인종을 눌렀다. 현관문이 열리고 웃음 띤 얼굴이 내 앞에 나섰다. 높다란 키에 해사한 얼굴의 그가 누구인지 나는 직감으로 알았다.

"재서 오빠죠?"

"그런데. 누구?"

116

"저 혜서 친구 지원이예요."

"아, 심지원."

통화한 지 제법 되었는데도 성까지 정확히 기억하고 있어서 기뻤다. 전화 속 목소리보다 실제 목소리가 더 좋다. 나는 방그레 웃었다. 재서 오빠가 나를 찬찬히 들여다보는 잠깐 동안 가슴이 콩닥거렸다.

"안 못생겼는데?"

"네?"

"하하, 아냐. 들어와."

재서 오빠가 길을 열어 주었다. 반쯤 열린 중문 너머로 소파에 앉은 혜서가 보였다. 활짝 웃으며 혜서를 부르려던 나는 혜서 곁에 단짝처럼 나란히 앉아 있는 소영이를 보고 입을 꾹 다물었다.

"송혜서! 친구 왔다."

재서 오빠의 말에 떠밀리듯이 우물쭈물 앞으로 몇 걸음 내디뎠다. 혜서와 소영이가 동시에 나를 쳐다보았다. 둘 다 조금 놀란 듯 보였다. 나도 놀랐다. 소영이가 야자를 빼먹은 건 처음 본다. 게다가 탁자 위에는 맥주 캔까지.

"피자 아니었어?"

혜서의 물음이 내가 불청객임을 단박에 가르쳐 주었다. 어디 쏙 숨어 버리고 싶을 만큼 부끄러웠다. 재서 오빠가 있어서 더욱 그랬다.

"피자인 줄 알고 문 열었더니, 하나도 안 못생긴 심지원이 딱."

재서 오빠의 익살에도 나는 흔연히 웃을 수가 없었다. 두 번이나 그런 걸로 봐선, 혜서가 제 오빠더러 나를 못생겼다고 말한 게 틀림없었다. 그렇게까지 말할 정도로 내가 싫은 건가? 아니면 혜서 눈에는 내가 정말 못생겨 보이는 건가? 더럭 서운함이 몰려들었다.

"우리 집은 어떻게 알았어?"

인사도 웃음도 없이 혜서가 물었다. 나는 어깨를 조금 늘어뜨린 채 변명하듯 대답했다.

"심장한테 들었어."

"왜?"

왜, 라는 물음. 정말이지 적응 안 된다. 혜서의 표정과 말투 때문에 더 그랬다. 여기 온 게 후회되려고 했다.

"전해 줄 게 있어서."

나는 가방을 열어 청소년 영상제 팸플릿을 찾았다. 분명 넣어 왔는데 어디 들었는지 보이질 않았다. 사실 그건 처음부터 핑계며 구실이었다. 집까지 찾아올 것 없이 학교에서 건네줘도 되니까.

그럼에도 나는 필사적으로 가방 속을 뒤적였다. 환영받지 못함을 적나라하게 느끼는 지금으로선 할 수 있는 일이 그것밖에 없었다.

찾았다. 책갈피에 끼여 있었다. 꺼내야 할지 말아야 할지 망설여졌다. 딱히 반기지도 고마워하지도 않을 것 같아서. 정말 배달이라도 온 사람처럼 이것만 건네주고 나가야 하는 거면 꼴이 너무 민망해질 것 같아서. 어쩌지 못하는 사이에 마음이 점점 타들어 갔다.

"뭔데 그래?"

어느새 내게 다가온 소영이가 몸을 기울여 가방을 들여다보며 물었다. 이상했다. 저기에 가만히 앉아 있는 혜서보다 다가와 관심을 갖고 물어봐 주는 소영이가 더 미웠다. 나는 소영이가 팸플릿을 못 보게 가방 지퍼를 올렸다.

"안 가져왔나 봐."

옆의 소영이는 깔끔히 무시한 채, 뭐냐고 묻지도 않는 혜서를 향해 말했다. 뺨에 와 닿는 소영이 눈길이 따가웠지만 돌아보지 않았다. 왠지 모르겠지만 소영이에게 배신감 같은 게 느껴졌다.

"내가 가끔 이래. 덜렁덜렁. 가방에 넣은 줄 알았는데 집에다 두고 왔나 봐. 별거 아냐. 내일 동아리에서 줄게. 얘가 또 어디로 샜나 하고 우리 엄마 걱정하겠다. 그만 갈게. 내일 보자."

억지웃음을 매달고서 주섬주섬 주워섬기는데도 혜서는 끝내 무엇인지 묻지 않았다. 나는 무슨 급한 일이라도 있는 사람처럼 서둘러 혜서네 집을 나왔다. 혼자 엘리베이터 앞에 서 있으려니 코끝이 쨍하니 매웠다.

콧잔등을 꼭꼭 누르는데, 등 뒤에서 현관문 열리는 소리가 들렸다. 혜서일까, 소영이일까.

"지원아!"

혜서도 소영이도 아니었다. 나는 대답도 않고 엘리베이터만 쳐다보았다. 재서 오빠가 내 옆으로 와 섰다.

"왜요?"

나는 뚱하게 물었다.

"그냥요."

'요'를 붙이고도 오히려 친근한 말투에 풋 웃음이 나려는 걸 참았다. 그래도 재서 오빠를 돌아보진 않았다.

"뭐였어? 안 가져온 척한 그거."

뜨끔했다.

"연기 학원 다닌다더니, 제법 하더라?"

"진짜 안 가져왔거든요?"

"나도 보여 줘. 별거 아닌 그거."

꼭 약속같이 들렸다. 다시금 가슴이 콩닥콩닥 뛰놀았다. 엘리베이터 문이 열렸다. 올라섰다. 마주 보게 되자 재서 오빠가 손을 들어 까딱였다. 환한 웃음이 눈부셔 나도 그만 웃고 말았다. 갑자기, 닫히려는 문을 붙잡고 재서 오빠가 엘리베이터 안으로 들어섰다.

둘이 나란히 섰다. 쿵쾅쿵쾅 심장이 급하게 뛰었다. 1층까지 내려가는 동안, 드라마에서나 보던 로맨틱한 장면 같은 일은 일어나지 않았다. 공연히 혼자 품은 상상이 창피했다.

나는 엘리베이터에서 내려서자마자 또 물었다.

"왜요?"

"밤이잖아. 바래다주려고."

솔솔 웃음이 나왔다.

"우리 집 되게 먼데."

"지구 반 바퀴라도 돼?"

"왜 반 바퀴예요?"

"한 바퀴면 제자리니까."

"후후, 그러네."

"울었다 금세 웃고. 너 귀엽다."

울진 않았는데요? 해야 하는데, 그냥 입이 닫혔다. 난생처음 듣는 말도 아닌데. 귀엽다는 말은 예쁘지 않을 때 인사치레로 해 주는 말이라는 걸 잘 아는데도.

혜서 친구니까 친구의 오빠로서 다정하고 친절하게 대해 주는 것뿐이라고 생각하려 했지만, 내 마음은 자꾸만 다른 방향으로 흘러가려고 했다. 내게 보조를 맞춰 주는 또 하나의 걸음. 집이 진짜로 멀지 않아서 아쉬웠다.

소영

돌아서는 지원이를 붙잡으려고 했다. 그런데 나보다 재서 오빠가 더 빨랐다. 현관에 어정쩡하게 서서, 지원이를 따라잡는 재서 오빠의 뒷모습과 닫힌 문을 차례로 바라보노라니 기분이 묘했다.

내가 무슨 잘못이라도 저지른 것처럼 눈길도 주지 않던 지원이를 이해할 수가 없다. 뭘 전해 주려고 했는지는 모르지만 나보다 혜서가 먼저인 것도 마음에 들지 않았다. 지원이를 뒤따라 나가 여태 들어오지 않는 재서 오빠도 궁금했다.

맥주 한 캔을 말끔히 비운 혜서는 다른 시공간에 존재하는 듯, 꿈이라도 꾸는 아이처럼 멍하니 앉아만 있었다. 맥주쯤은 문제없다더니 그렇지도 않은 모양이었다. 어쩌면 그 애를 생각하고 있는지도 몰랐다.

"나도 그만 가야겠다."

가방을 챙겨 드는데, 현관문 열리는 소리가 들렸다. 이제 들어오나 보다. 재서 오빠를 보고 갈 수 있어서 다행이라는 생각이 들었다. 마중이라도 하듯 현관으로 나선 내 앞에 나타난 사람은 재서 오빠가 아니었다.

"안녕하세요."

미간에 가는 선을 그은 채로 나를 빤히 바라보는 아줌마에게 나는 황급히 몸을 굽혀 인사했다. 누가 봐도 혜서와 똑 닮은 이목구비와 분위기. 그러니 물어보나 마나 혜서 엄마가 분명했다.

"누구지?"

"저 혜서 친군데요, 지금 막 가려던 참이었어요."

혜서 엄마의 시선이 내 어깨 너머로 날아갔다. 아차차. 맥주 캔이라도 치우고 나올걸 그랬다. 탁자에 놓인 맥주 캔은 세 개. 내 건 거의 그대로일 테지만, 그렇다고 해서 칭찬받을 상황은 못 되었다.

아니나 다를까. 혜서 엄마의 표정이 싸늘하게 굳었다. 어쩔 줄 모르고 서 있으려니 혜서 엄마가 물었다.

"이름이 뭐야?"

"이소영이에요."

"혜서 친구라고?"

"네."

"어느 학교?"

"우정여고요."

"지금, 학교에 있을 시간 아닌가?"

"……네."

혜서 엄마가 후우, 긴 한숨을 내쉬었다. 뭐라 할 말이 없었다. 이러는 건 처음이라고 말해 봐야 변명밖에 되지 않을 터였다. 나는 사죄하듯 고개를 깊이 숙였다.

"안녕히 계세요."

고개를 드니 혜서 엄마의 뒷모습이 저만큼 멀어져 있었다. 그새 쓰러지듯 소파에 모로 누운 혜서를 잠시 바라보다 혜서 네 집을 나왔다.

이런저런 생각 탓에 집으로 가는 걸음이 무거웠다. 그러잖아도 사이가 좋지 않다던 엄마에게 혼날 해서도 걱정되고, 그깟 야간 자율 학습 한 번 빼먹었다고 문제아 취급을 당한 것 같아 속상하기도 했다. 그리고 여전히 궁금한 재서 오빠.

교차로에 이르러 신호등이 초록으로 바뀌기를 기다리고 서 있는데, 횡단보도 건너편에서 누가 손을 올려 흔들어 댔다. 재서 오빠였다. 몹시 반가웠다. 나도 함께 손을 흔들어 보이고 싶었지만 수줍어서 두 손이 꼼짝을 안 했다.

신호가 바뀌었다. 나는 재서 오빠의 눈길을 의식하며 천천히 걸었다. 마치 나를 기다리기라도 하듯 재서 오빠는 그 자리에 가만 서 있었다. 가슴이 동당동당 뛰었다. 길을 다 건너자 눈앞에 재서 오빠의 웃음이 환했다.

"소영이 넌 집이 어디야?"

"태성 아파트요."

"지원이랑 같네? 가자. 너도 바래다줄게."

지원이를 집까지 바래다주고 오는 길이었던 듯 재서 오빠가 우리 아파트 쪽으로 성큼 걸음을 떼어 놓았다. 너도, 라는 말이 목에 불편하게 걸렸다. 너만, 이 아닌 것은 싫다. 첫 번째가 아니면 두 번째이건 세 번째이건 백 번째이건 다 똑같다.

"아뇨, 저 혼자 갈 수 있어요. 멀지도 않고 금방인데요, 뭘. 그리고 좀 전에 어머니 들어오셨어요."

"우리 엄마?"

"네."

"어휴. 둘이 또 한바탕하겠네."

"그런데 혜서는 잠든 거 같아요."

"그래? 잠든 애 깨워서까지 한바탕하진 않겠지."

"잘된 거죠?"

엷은 웃음을 지으며 재서 오빠가 끄덕였다.

"그래도 모르니까 얼른 들어가 보세요."

"혜서 응원군으로?"

나도 살포시 웃으며 끄덕였다.

"네."

"그래. 그럼 조심해서 들어가."

그래도 잠깐이니까 너 바래다주고 갈게, 그런 말을 기대했던 걸까. 선뜻 인사를 건네고 돌아서는 재서 오빠가 서운했다.

나는 집을 향해 걸음을 뗐다. 재서 오빠, 지원이랑은 무슨 이야기를 나누며 이 길을 걸어갔을까. 둘의 길을 혼자 걸으며 더듬어 보려니, 매일 지나는 길인데도 조금 쓸쓸했다.

4주 전

지원

"딸. 오늘 학교도 안 가는데 신이 나 동동거리지 않고 왜 그렇게 시무룩해?"

오늘은 우리나라 고등학생들의 운명이 걸린 수능 날. 학교를 시험장으로 내준 덕분에 황금 같은 휴일을 얻었다. 늦잠도 실컷 자고 집에서 빈둥빈둥 놀 수도 있고. 그러니 엄마 말처럼 신이 나야 당연했다.

"지원! 무슨 고민이라도 생겼어?"

대꾸도 없이 여전히 시무룩하게 있으니 엄마가 또 물었다.

"고민이라기보다……."

11월의 짝꿍을 또 소영이한테 빼앗겨 버린 게 속상하고 화가 나서라고는 차마 말하지 못하겠다.

126

11월의 첫 월요일인 그끄저께, 일찌감치 학교에 가서 혜서 자리를 맡아 놓고 기다렸다. 그런데 소영이와 나란히 교실로 들어선 혜서는 나한테 눈길도 주지 않고서, 비어 있던 맨 뒷자리로 직행해 버렸다.

함께 앉은 둘을 바라보고 있자니, 금요일 밤 혜서네 집 소파에서 다정하게 나란히 앉아 있던 정경이 떠올라 속이 마구 끓었다.

"왜. 네 인생에 드라마틱한 스토리가 없어서 불만이야?"

"그런 거 아냐."

"네가 뭘 몰라서 그렇지, 극적인 스토리 같은 거 없이 그저 물처럼 잔잔히 흐르는 게 행복한 거야."

"그건 행복한 게 아니라 지루한 거지. 아니, 진부한 거."

"얘가 점점. 너 소영이네 얘기 못 들었어?"

"소영이네 뭐?"

"소영이네 집 내놨다더라. 소영이 아빠 정리 해고 당해서 대출금이며 이자며 도저히 감당이 안 된대."

쿵. 가슴속에 커다란 발자국이 찍혔다. 소영이는 아무 내색도 없던데, 걔도 혹시 모르고 있는 걸까?

"그럼 집 팔리면 다른 데로 이사 가는 거야?"

"소영이 엄마가 그러는데, 시골로 내려간대. 소영이 아빠 고향으로. 소영이 할머니랑 같이 살 건가 봐."

"고향이 어딘데?"

"전라도 어디라던데, 버스도 안 다니는 산골짜기래. 애들 데리고 거기서 어떻게 산다니? 곧 막내도 태어날 텐데. 고생문이 훤하지, 뭐."

엄마는 소영이네가 측은하다는 식으로 말하고 있지만, 나는 좀 다른 생각이 들었다. 소영이에게 또 하나의 스토리가 생기는 거라는. 그보다 더 결정적인 것은 혜서 옆자리를 내가 차지할 수 있게 되리라는 거였다.

이런 생각을 하고 있는 내가 마음에 들지 않는다. 그래서 엄마 얘기를 듣기 전보다 기분이 더 안 좋아졌다.

방에 들어와 침대에서 뒹굴고 있는데, 메신저 알림음이 울렸다. 휴대폰을 보니 우리 반 단체 대화방이었다. 별 알맹이 없는 대화들에 자음들로만 줄짓는 웃음을 나는 심드렁하게 들여다보았다.

– 야, 너네 그 소문 들었어?

– 무슨 소문?

– 우리 학교에 임신한 애가 있대.

– 헐!

나는 화들짝 놀라 일어나 앉았다. 놀라움은 둘째고, 그게 누군지 궁금해하는 물음들이 팝콘 터지듯 연이었다.

– 누군지는 나도 모르고, 직접 본 애가 있대.

– 직접? 직접 뭘 봤는데?

– 너네 베이비박스 알지?

– 베이비박스? 그게 뭔데?

베이비박스를 모르는 애들과 아는 애들 사이에 한동안 온갖 이야기들이 오갔다. 아는 애에 속하는 나는, 그러나 그 속에 아무 말도 보탤 수가 없었다. 불길한 예감에 가슴만 떨려 왔다.

며칠 전 동아리 친구 수미와 청소년 영상제에 출품할 작품 얘기를 나누다 우리 팀 주제인 베이비박스 이야기를 잠깐 했었다. 그렇지만 베이비박스 앞을 서성이던 여학생이 우리 학교 교복을 입은 것 같더라고 했지, 임신이니 뭐니 하는 구체적인 표현은 결코 한 적이 없었다.

수미는 우리 반이 아니다. 수미를 통해 누군가에게 전해진 그 말이 돌고 돌아 우리 반 아이들에게까지 와 버렸다면, 다른 반은 물론이고 학교 전체에 파다하게 퍼지는 건 순식간일 테다.

– 그러니까 우리 학교 애가 임신해서 그 베이비박스에 갔다는 거야?

구체적인 이 물음은 혜서와의 그날 밤 내가 앞서 추측한 것이기도 했다. 입 밖으로 내어 본 적은 없지만.

곧 반 아이들의 대답과 반응이 잇달았다.

– 낳기 전에 사전 답사를 간 거지.

– 오 마이 갓!

– 대박!

– 누굴까?

- 궁금해 미치겠당.

- 완전 궁금!

- 나도 나도!

쉴 틈 없이 올라오는 메시지들이 가슴을 짓눌렀다. 거품이 퐁퐁 터지듯 여러 아이들의 말이 말풍선 안에 떠올랐다.

- 나는 누군지 알겠다.

- 누구?

- 우리 반.

- 우리 반? 우리 반 누구?

- 송혜서.

입이 딱 벌어졌다. 떨리고 오그라들던 가슴이 쿵쿵 거칠게 뛰어 댔다. 소문이 더 이상하게 퍼지기 전에 막아야 했다. 나는 떨리는 손끝으로 휴대폰 자판을 터치했다.

- 혜서는 절대 아냐.

한마디 던져 놓고 나니까, 그럼 누구냐는 물음들이 득달같이 달려들었다. 직접 본 사람이 너냐는 물음도 날카롭게 뛰어들었다. 직접 본 사람은 혜서와 나 둘이지만, 입 밖에 낸 사람은 나. 그리고 그 여자애가 누구인지 알아본 사람도 나.

- 그럼 누군데?

가슴으로 화살이 날아와 꽂히는 듯했다. 나는 두려워졌다. 동영상 제작 얘기를 하다가 두루뭉술하게 꺼낸 말을 이렇게까지 번지게 만든 수미가 원망스러웠다.

– 누구냐니까?

– 직접 본 거, 너지?

– 심지원, 너 맞구나?

– 지원이 너 동영상 제작반이잖아. 베이비박스 그거 촬영하러 갔다가 본
  거야. 그렇지?

다그치듯 줄을 잇는 질문들에 제법 그럴듯한 가설까지 더
해졌다. 나는 고개를 설설 저었다. 메시지로 대답도 했다.

– 나 아냐.

– 근데 혜서가 절대 아니라는 건 어떻게 알아? 네가 직접 봤으니까 그런
  말 하는 거잖아.

– 나도…… 들었어.

자꾸 거짓말을 하려니 쫓기는 느낌마저 들었다.

– 누구한테서?

– 지원이 넌 누군지 알고 있구나? 그렇지?

내게로 달려드는 물음이 목을 조르는 것만 같았다. 막막한
침묵도 잠시, 어떤 애가 손뼉을 짝 치듯 메시지를 날렸다.

– 그럼 혜서네. 혜서가 직접 본 거네.

또 다른 애가 물었다.

– 어째서?

– 지원이가 혜서는 절대 아니라고 했잖아. 그리고 지원이도 누구한테 들
  은 얘기고. 혜서가 절대 아니라는 말은 그 장면을 직접 본 사람이 혜서라
  는 걸 증명하지.

의기양양한 추리에 느낌표들이 주르르 찬사로 떴다.

– 오, 완전 똑똑하심! 맞다. 혜서도 동영상 제작반이랬잖아.

– 그나저나 대체 누구지? 그럼 혜서한테 물어봐야 알 수 있겠네?

이제 화제는 임신한 그 여자애가 누구인지로 다시 쏠렸다. 랠리처럼 끝도 없이 이어지는 대화들에 질린 나머지 휴대폰을 저만치 밀어 놓았다. 그러나 메신저 수신음은 부지런히도 울려 댔다. 나는 두 귀를 틀어막았다.

혜서

"송혜서!"

내 이름을 부르는 목소리가 낯설었다. 소영이나 지원이가 아니어서 그렇게 느껴졌을 것이다. 소영이와 지원이는 나를 일정한 거리에 세워 두듯 '송혜서'라고 부르진 않는다. 나는 걸음을 멈추었다.

반 아이들 몇이 내 앞으로 와 섰다. 나처럼 야간 자율 학습을 하지 않고 집에 가는 애들이다. 예체능 쪽이거나 대학 진학을 포기했거나 그런 부류. 말 한 번 섞어 본 적 없는 아이들이 왜 나를 부르고 내 앞을 막아서는지 의아했다.

"왜?"

"물어볼 게 좀 있어서."

"뭔데?"

"네가 직접 봤다더라?"

다짜고짜 들이대는 물음에 살짝 긴장하게 되었다. 나는 무심함을 가장해 되물었다.

"뭘?"

"베이비박스 앞에 나타난 우리 학교 애."

누가 그런 소릴 했는지는 물어보지 않아도 빤했다. 그날 일을 아는 사람은 나하고 지원이밖에 없으니까. 그 여학생을 봤다는 것은 소영이에게도, 어느 누구에게도 말하지 않았으니까.

"진짜야? 진짜 우리 학교 애였어?"

인기 연예인 스캔들이라도 다루듯 흥미진진해하는 눈빛으로 내 대답을 기다리는 아이들도 아이들이지만, 이 아이들에게 그런 말을 내뱉은 지원이가 더 짜증스러웠다. 그때 분명 속단하지 말라는 의미로 화까지 내 보였건만. 도대체 지원이 걔는 생각이란 게 있는 앤지 모르겠다.

"그런 거, 난 본 적 없어."

딱 잘라 말하자, 처음 질문을 내던졌던 아이가 내 앞으로 한 걸음 다가섰다.

"너 동영상 제작반이잖아."

"그런데?"

"베이비박스 그거 촬영하러 갔다가 봤다던데?"

디테일까지 다 말해 주셨다? 심지원 너 참 대단하다.

"베이비박스가 뭐야?"

나는 깔끔하게 시침을 떼며 되물었다. 서로 눈길을 주고받던 아이들 중 하나가 불쾌한 기색을 내비치며 물었다.

"그럼 걔가 거짓말을 했다는 거야?"

나는 시큰둥한 표정으로 어깨를 으쓱했다. 대답하지 않는 것도 긍정의 포즈가 될 수 있다는 것을 알지만, 지금으로선 딱히 대안이 없었다.

나로 말하자면, 거짓말보다 더 나쁜 건 잘 알지도 못하면서 함부로 떠벌리는 거라고 생각하는 쪽이었다. 그 애, 연주 일 때도 그랬다. 확인되지 않은 이야기들이 둥둥 먹구름처럼 퍼져서 결국 내 머리 위로 폭우가 쏟아졌다.

어어, 하는 사이 왕따의 적극적인 주동자가 되어 버렸는데도 나는 완강하게 부인하지 못했다. 내게로 밀려드는 도도한 흐름이 어처구니가 없어서였기도 했지만, 죽음을 선택하려 했던 그 애 앞에서 내 변명은 하찮은 핑계로만 느껴져서이기도 했다.

베이비박스 앞에 나타났던 여학생이 우리 학교 교복을 입고 있었다는 것.

그건 명백한 사실이다. 하지만 그것뿐. 앞뒤 사연들에 관해서는 하나도 아는 바 없다. 지원이가 넘겨짚었던 생각이 맞을 수도 있고 아닐 수도 있다. 그렇지만 설혹 맞다고 해도 지원이에게 그걸 널리 퍼뜨릴 권리는 없는 것이다.

"이상하네. 이쯤이면 누가 널 두고 그런 말을 했는지 궁금해져야 정상인데. 넌 안 궁금한가 봐?"

"뭐, 별로. 너희들처럼, 뭐가 뭔지 잘 모르면서 남의 말이나 떠들어 대기 좋아하는 애들 중 하나겠지."

"뭐?"

아이들이 어이없다는 얼굴을 했다.

"좀 비켜 줄래?"

나는 선뜻 비켜서지 않는 아이들 틈새를 밀치듯 빠져나왔다. 뒤에 남겨진 아이들이 '졸라'와 '재수 없어'를 침처럼 내뱉었다.

소영

가파르게 경사진 골목길 너머로 납작납작 엎드린 집들이 나타났다. 처음 와 보는 곳이라 나는 어리둥절해졌다. 집에서 나올 때 엄마는 분명 외삼촌 집에 간다고 그랬다.

"지금 어디 가는 거야, 엄마?"

"다 왔어. 얼른 와."

"어디 가는 거냐니까?"

"그새 까먹었어? 외삼촌한테 간다고 했잖아."

워낙 자주 왕래하는 편은 아니었다. 엄마 말로는 아빠와 결혼하면서 외가 쪽과는 연을 끊다시피 한 탓이라고 했지만, 원래부터 살가운 사이는 아닐 거라고, 철들면서 짐작하게 됐다.

중학교에 입학할 즈음, 오늘처럼 엄마랑 둘이 외삼촌 집에 갔던 적이 있다. 반지하 우리 집이랑은 비교도 할 수 없을 만

큼 으리으리한 고층 아파트였다. 아파트 단지 입구부터 주눅
이 들어 어깨를 움츠리면서도 우리한테 그토록 잘사는 친척
이 있다는 게 신기하기도 했었다.

"외삼촌 집 여기 아니잖아?"

"사는 게 다 그런 거지, 뭐."

내 물음에 대답은 않고 엄마는 엉뚱한 소리를 했다. 둥근
배를 끌어안고 뒤뚱뒤뚱 걸어가던 엄마가 엇비슷하게 허름한
어느 집 대문 앞에 다다라서야 허리를 폈다.

"여기가 외삼촌 집이야?"

왜 이렇게 됐어? 라는 말이 목을 간질였다. 엄마가 미리 던
져 준 말처럼 '사는 게 다 그런 거'라서 이렇게 된 걸까. 어쩌
면 혜서의 경우도 그럴까. 예상치 못한 웅덩이에 발이 흠뻑
빠지는 게 삶이어서 '왜'라는 질문이 무의미해지는 것일까.

우리를 맞이한 사람은 외숙모였다. 낯빛이 푸석푸석하기로
는 엄마 못지않았다. 공손히 인사했지만 외숙모는 받는 둥 마
는 둥 했다.

"얘 외삼촌은?"

"들어오겠죠."

외숙모의 시큰둥한 대답은 우리가 반가운 손님이 아니라는
암시 같아서 마음이 오그라들었다. 엄마는 왜 나까지 데리고
갑자기 이런 나들이를 했는지 모르겠다.

"애들이 안 보이네?"

집 안을 둘러보며 엄마가 물었다.

"집에선 공부가 안 된다고 둘 다 도서관에 갔어요."

주방 겸 거실을 사이에 두고 양쪽에 방이 두 칸. 거실 크기로 보아 방들도 그리 크진 않을 듯했다.

"집이 어찌나 좁은지. 답답해서, 원……."

외숙모가 혼잣말처럼 푸념을 했다. 그래도 열 평도 채 안 되던 예전 우리 집보다는 괜찮네, 생각하고 있는데 엄마가 말했다.

"좁긴, 뭘. 이 정도면 양반이지. 애가 원체 조용해서 있는지 표도 안 날 거야. 앉아서 공부만 한다니까. 이번에도 반에서 1등을 했지 뭐야. 공부 머리는 누굴 닮았는지. 아무튼 뒷바라지만 제대로 해 주면 서울대도 거뜬히 들어갈 애라니까? 그런 애를 학교도 없는 촌구석으로 데리고 내려갈 순 없잖아."

이게 다 무슨 소리람? 나는 어안이 벙벙해진 얼굴로 엄마를 돌아보았다.

"형님, 그래도 전 솔직히 자신이 없네요."

"고등학교 졸업할 때까지 이 년만 데리고 있어 줘. 소영이 외삼촌도 그러기로 했으니 올케가 좀 도와줘야지 어떡해."

맙소사. 나는 내 머리를 쥐어뜯고 싶었다. 가뜩이나 형편이 나빠진 외삼촌 집에다 나를 맡겨 두려는 엄마의 뻔뻔함도, 내가 보는 앞에서 그러기 싫다고 말하는 외숙모의 솔직함도 견디기 힘든 건 매한가지였다.

"형님, 이 집 꼴을 보고도 그런 말씀이 나오세요?"

"이 집이 뭐가 어때서? 우린 애 넷 데리고 단칸방에서도 잘만 살았는데."

"참 나. 비교할 걸 하셔야죠. 그리고 우리 애들도 지금 사춘기 접어들어서 힘들단 말예요."

"우리 소영인 얌전히 공부만 하는 애라 절대 힘들게 안 한다니까?"

"엄마! 미쳤어?"

나는 더 견디지 못하고 바락 소리를 지르고 말았다. 놀라서 쳐다보는 엄마를 눈물 없이 노려보자니 부서져라 악문 어금니가 아팠다.

"조용해서 있어도 표도 안 난다더니, 참도 얌전하다."

외숙모의 빈정거림도 아팠다. 나는 당장 일어나 외삼촌 집을 뛰쳐나왔다. 폭발할 듯한 울화를 간신히 다스리고 섰는데, 엄마가 뒤따라 나왔다.

엄마를 보자마자 따지고 들었다.

"엄마, 진짜 왜 그래? 왜 나한테는 말도 없이 이런 짓을 벌여?"

"이런 짓이라니?"

"이런 짓이지, 그럼!"

"얘가 정말. 내가 너한테까지 일일이 허락받고 살아야 해?"

"누가 허락받으랬어? 내 일인데, 최소한 나랑은 의논을 했어야지!"

"근데 얘가 왜 이렇게 소리를 질러 대?"

"지금 소리 안 지르게 생겼어? 엄마가 날 비참하게 만들고 있잖아!"

"비참하긴 뭐가 비참해? 너 시골 내려가 살기 싫다면서? 네가 생전 처음으로 애걸복걸하니까 있는 방법 없는 방법 다 생각한 끝에 내린 결정인데, 뭘 안다고 비참하대? 비참하기로 치자면 엄마만 해? 네가 엄마만큼 비참해? 그래?"

목에 커다란 돌멩이가 콱 틀어막힌 기분이었다. 땅바닥에 주저앉아 엉엉 울어 버리고 싶은데, 못 그러겠다. 창피해서가 아니라, 엄마 때문에. 내가 그러면 엄마가 나보다 더 서럽게 울어 버릴 것만 같아서.

올봄, 아파트로 입주하던 그날, 산더미 같은 빚을 껴안고도 내 집이라 날아갈 것처럼 행복하다던 엄마였다. 그런데 이제 곧 그 행복과도 안녕이다. 엄마가 불쌍하다. 그렇지만 내 잘못도 아닌데, 싶은 마음이 치밀어 답답하고 억울했다.

"집에 가."

퉁명스레 말하고서 터벅터벅 앞장섰다. 마음속에 가득한 온갖 감정 탓에 걸음이 자꾸만 빨라졌다.

"좀 천천히 가."

나를 따라오며 엄마가 말했다. 나는 보폭을 줄였다.

"비참하니 어쩌니 그러지 말고, 그냥 단순하게 생각해."

"싫어."

"외삼촌하고는 다 얘기된 일이야."

우리 오는 줄 알고 일부러 자리를 피한 건 아니고? 반항 같은 물음이 입 안에서 들끓었다.

"외숙모, 나쁜 사람은 아니야."

태어날 때부터 나쁜 사람이 있을까. 살다 보면 상황이 그렇게 이끌어 가는 거지. 엄마랑 아빠도 연애할 무렵엔 언성 높이는 일 없이 서로에게 다정했을 거다. 그러니 반대를 무릅쓰고 결혼까지 했겠지.

"소영아."

"싫어. 싫다고."

"이 년만 참아. 대학 들어가면 조그만 방이라도 하나 얻어 줄 테니까."

지금 얻어 줘, 고집부리고 싶다. 불가능하다는 걸 알면서도 벅벅 우겨 보고 싶다. 그러지 못하리라는 걸 나도 알고 엄마도 안다. 그래서 슬프다.

"아무리 그래도 그렇지, 거짓말은 왜 해?"

"무슨 거짓말?"

"3등밖에 못 했는데 왜 1등이라고 부풀려?"

"3등이나 1등이나. 엄마는 3등은커녕 10등도 못해 봤다."

피식 웃음이 났다.

"그게 뭐 자랑이야?"

"내 딸은 자랑이지."

뜻밖이었다. 공부 따위 어떻게 하건 신경도 안 쓰는 줄 알았다. 특목고도 아닌 일반고에서 반 3등이건 1등이건 공부 잘하는 걸로는 어디 가서 명함도 못 내민다는 사실을 엄마는 모를 것이다. 표현한 적 없는 자랑일지라도 모르는 채로 있었으면 좋겠다.

비탈진 길을 힘없이 걸어 내려가는데, 혜서에게서 문자가 왔다.

– 소영아, 우리 집에 올래?

허허벌판에 서 있는 것만 같은 지금이라서 그럴까. 지난번처럼 집에 놀러 오라는 말일 텐데 괜스레 콧잔등이 따끔해졌다. 나는 혜서에게 답을 보냈다.

– 응. 지금 갈게.

지원

토요일인 어제부터 오늘까지 벌써 여러 번 전화를 걸었지만 혜서는 받지 않았다. 문자를 보내 봐도 답이 없었다. 오늘 오전까지만 해도 전화를 받지 못할 사정이 있나 보다 생각했지만, 지금은 일부러 받지 않는다는 느낌이 들어 찜찜해졌다.

나는 책상 위에 펼쳐 놓은 청소년 영상제 팸플릿을 도로 접었다. 여태 진행된 것이 하나도 없으니, 이 상태로는 영상제 출품을 포기해야 할지도 모른다. 혜서와 함께 작업해 보라는 심장욱 선생님의 배려에 보답하지 못하게 되어 미안했다.

며칠 전 그 일이 있고부터 우리 반 단체 대화방에는 들어가보지도 못했다. 들어가면 아이들이 굶주린 독수리처럼 온갖 질문으로 쪼아 댈 것만 같아 두려웠다.

누군가가 필요했다. 복잡한 마음을 다 풀어 놓지는 못해도 그저 소소한 일상 이야기로 마음을 나눌 누군가. 나는 휴대폰에 저장되어 있는 전화번호들을 하나하나 살폈다. 마음이 딱 멈춰 서는 사람이 없었다.

다시 맨 처음으로 올라갔다. 소영이가 눈에 들어왔다. 엄마에게서 들었던 말도 생각났다. 버튼을 눌렀다.

—여보세요.

지원아. 내가 전화를 걸면 소영이는 언제나 그렇게 내 이름부터 불렀다. 지금 소영이에게선 늘 그랬던 반가움 대신 담담함만이 느껴진다.

"소영아."

그냥 끊을까 하다 이름을 불러 보았다. 소영이 이름을 부르는 게 어째서 아주 오랜만인 듯 느껴지는지 모르겠다.

—응.

"뭐 해?"

—그냥.

집안 문제로 소영이도 심란한 걸까. 엄마한테 들어 알고 있으면서도 아는 척을 하기가 좀 그렇다. 소영이가 먼저 말해 주면 몰라도.

"소영아, 우리 집에 놀러 올래?"

―지금?

"응. 나랑 떡볶이 만들어 먹자. 그리고 우리, 청소년 영상제 준비도 해야 하잖아."

―아, 혜서한테 얘기 못 들었구나. 우리, 베이비박스 그거, 그만 접기로 했어.

내가 말한 '우리'는 혜서를 포함한 우리 팀 셋이었는데, 소영이가 말하는 '우리'는 혜서와 소영이 둘이다. 내가 모르는 새 나는 '우리'에서 멀찌감치 밀려나 있었던 것. 마음이 쓰라렸다.

"그런 건 나하고도 의논했어야 하는 거 아냐?"

―혜서가 말한 줄 알았어.

혜서는 내 전화도 안 받는데? 라는 말이 목까지 올라왔다. 하지만 소영이한테 그렇게 말하기에는 자존심이 상했다. 일부러 안 받는지 아직은 확실하지도 않잖아, 스스로를 애써 다독였다.

"꼭 그거 아니라도 상관없잖아. 다른 거 작업해서 내면 되잖……."

―지원아.

다정하진 않지만 소영이가 이름을 불러 주니 좋았다. 그래서 반갑게 다가앉았다.

"응, 소영아."

―다른 작업도 나는 힘들 것 같아.

"왜? 집에 무슨 일 있어?"

이렇게 운을 뗐으니 소영이가 내게 요즘의 힘든 상황을 털어놓을 줄 알았다. 어쨌거나 나는 소영이한테는 단짝 친구, 베스트 프렌드니까.

그러나 소영이는 여전히 덤덤하게 대답했다.

―아니, 없어.

마치 내 앞에다 보이지 않는 선 하나를 내리긋는 것만 같았다. 너는 여기까지, 더 이상은 넘어오지 마, 그러는 것 같았다. 혜서에게는 분명 다 말해 주었을 테지. 저만치 밀려난 서운함에 와락 슬펐다.

"그렇구나. 아무 일도 없구나."

―아무 일 없어서 실망했다는 걸로 들리네.

뜻밖의 반응에 당황스러웠다.

"그, 그럴 리가. 그럴 리가 없잖아."

―나한텐 그렇게 들렸어.

냉소적인 이 말투. 혜서의 것이다. 소영이답지 않은, 혜서와 닮아 가는 소영이가 어색했다.

내가 부르면 어디서든 그 즉시 달려와 주는 이소영은 이제 어디로 가 버린 걸까. 소영이하고 나는 어쩌다 이렇게 되어 버린 걸까. 나 때문일까. 혜서에게만 마음을 기울이느라 내가 소영이에게 소홀했던 탓일까.

"그렇지 않아, 소영아. 나는 그저 소영이 네가 걱정이 돼서……."

—걱정이 아니라 호기심이겠지.

"뭐? 호기심? 이소영, 너 무슨 말을 그렇게 해?"

—아냐? 너 원래 호기심 많잖아. 여기저기 들쑤시고 다니고. 이 말 저 말 막 퍼뜨리고. 베이비박스 그것도 너 때문에 접는 거잖아. 네가 엉뚱한 소리로 이상한 소문이나 만들어 대니까.

소영이가 단정적으로 몰아붙이니 화가 났다. 없는 말을 지어낸 것도 아닌데, 그깟 호기심으로 루머 따위나 만들어 내는 사람 취급을 받아야 하다니. 마음이 뾰족해지는 한편 억울하기도 했다.

메신저를 쓰지 않아 단체 대화방에도 들어오지 못하는 소영이가 그런 이야기들을 어떻게 알았는지 궁금했다.

"혜서가 그래?"

—뭘?

"이상한 소문이니 그런 얘기. 혜서한테서 들었냐고."

—걸핏하면 혜서, 혜서. 왜 자꾸 가만있는 혜서를 끌고 들어가? 안 그래도 힘든 애를 왜 너까지 괴롭혀?

사뭇 공격적인 소영이 말투에 기가 막혔다.

"소영아, 너 정말 나한테 왜 그래?"

—나 동생들 간식 챙겨 줘야 돼. 그만 끊자.

"소영아!"

전화가 끊겼다. 보이지 않지만 또렷이 존재하던 선마저도 사라졌다. 소영이가 아주 멀었다.

3주 전

혜서

일주일 사이에 날이 부쩍 차가워졌다.

가을 축제 준비로 학교가 온통 들썩들썩했다. 오디션에 나간다고, 쉬는 시간이면 교실이며 복도에서 목청껏 노래를 불러 대는 아이들도 많았다. 여러 명씩 팀을 짜 춤 연습을 하는 아이들도 있었다. 그래 봐야 나와는 별 상관도 없는 일이었다.

수업이 끝나고 어깨를 잔뜩 움츠린 채로 교정을 걸어 나오는데 송혜서, 하고 부르는 소리가 들렸다. 목소리만 들어도 누군지 알았다. 귀찮았다. 그러나 못 들은 척하기엔 거리가 너무 가까웠다.

나는 심장욱 선생님 쪽으로 고개를 돌렸다. 막 차에 오르려던 참이었는지 차 문을 반쯤 열고 서서 심장욱 선생님이 이리로 오라는 손짓을 했다. 내키지 않았지만 가까이로 다가갔다.

"영상제 준비는 잘돼 가?"

그런 건 팸플릿을 챙겨 준 지원이한테나 물어볼 일이지 왜 나한테 이러는지 모르겠다.

"상금도 걸려 있으니까 잘해 보시라."

"전 그거 안 하는데요."

"왜."

"재미없어서요."

"그럼 어떤 게 재미있으려나?"

심장욱 선생님이 혼잣말처럼 중얼거렸다. 이제 슬슬 후회가 될 거다. 그냥 내버려 둘걸 괜히 말 걸었다 싶을 거다. 그렇다면 어서 놓아줘야지.

"저 그만 가 볼게요."

나는 목례를 하고 돌아섰다.

"혜서야."

아까와는 달리 성을 뗀 친근한 부름에 서너 걸음 가지도 못하고 멈추어 섰다.

"너 글 좀 쓰지?"

등으로 날아드는 물음에 얼른 대답하기가 낯간지러웠다. 말 없이 등을 보이고 서 있으려니 심장욱 선생님이 말했다.

"이번 축제 때 시화 하나 하자."

시화 같은 소리 하시네. 속으로만 툴툴거렸다.

"월요일까지 시 한 편 써서 가져오시라. 야자도 안 하는데 시간은 충분하겠지? 백일장 나가면 그 자리에서 뚝딱 써낸 글로 상 받아 오는 실력이니까 뭐, 시간 없다는 건 핑계겠고."

그런 거 할 시간 없는데요, 라고 하려 했더니만, 도망치지 못하게 딱 막아 버린다. 나는 다시 뒤돌아서서 심장욱 선생님을 똑바로 쳐다보며 말했다.

"싫은데요."

선생이라면 이럴 때 대뜸 인상부터 구겨야 자연스러운데 무덤덤한 대꾸가 건너왔다.

"뭐가."

나도 방금 전의 당돌함을 지우고 담담하게 대답했다.

"시 환지 뭔지 그런 거요."

"걱정 마시라. 배경 그림은 내가 그릴 테니까. 이래 봬도 나 그림 좀 그린다."

누가 물어봤나. 학교에서 주요 관심 대상으로 점찍어 둔 학생에게 편견 없이 친화적인 척 구는 저런 태도, 속이 빤히 들여다보이는 위선 같아서 싫다. 그나마 담임이 아니어서 다행이다.

"월요일까지야."

제멋대로 말하고선 심장욱 선생님이 차에 올랐다. 나는 가만히 서서 교문을 빠져나가는 차를 쏘아보았다.

지원

뭔가, 뭐라고 콕 집어 말하기는 힘든데, 아무튼 뭔가가 이상했다.

와글와글 즐겁게 수다를 떨던 아이들이 내가 교실에 들어서기만 하면 거의 동시에 입을 다물어 버리거나, 나를 흘긋거리며 저희들끼리 수군대곤 하는 거다.

처음 그걸 느꼈을 땐 내 착각이라고 생각했다. 그런데 두 번 세 번 반복되자 착각도 예민함도 아니라는 걸 알았다. 내 몸에 더러운 무언가가 묻어 있는데, 다른 아이들 눈에는 그게 다 보이고 나한테만 안 보이는 그런 기분이랄까.

소영이에게 우리 반 분위기에 대해 아는 게 좀 있는지 묻고도 싶었지만, 며칠 전 통화를 생각하면 먼저 말 걸기가 자존심 상했다. 게다가 소영이는 혜서와 둘이, 우리 반 전체에서 얼마쯤 떨어져 앉은 섬 같았다.

혜서는 여전히 나랑은 눈길도 마주치지 않았다. 전학 온 뒤로 우리 반 누구에게나 그런 편이긴 했지만, 이즈음은 특히 더 그랬다.

월, 화, 수, 목, 금. 닷새째 미묘한 변화를 속으로만 품고 있다가 이대로 더는 못 견디겠다고 생각하게 된 건 점심시간, 급식실에서였다.

식판을 들고 빈자리에 앉으려는데 옆자리 아이가 자기가 맡아 놓은 자리라며 못 앉게 했다. 엉거주춤 일어나 다른 자리를 찾았지만, 주변엔 비어 있는 자리가 없었다. 우리 반 아이들이 모여 앉은 식탁들을 휘둘러보았다. 나란히 앉아 밥을 먹고 있는 소영이와 혜서도 보였다.

소영이와 잠시 눈이 마주쳤다. 소영이는 나를 외면했다. 둘의 앞자리가 비어 있었지만 나는 거기로 가지 않았다. 가장자리 쪽 식탁에 빈자리가 있었다. 그리로 걸어갔다. 거기 앉아 있던 누구와도 눈을 부딪치지 않고 그냥 앉았다.

밥을 한 숟갈 떠먹는데 앞에 앉은 아이가 일어나는 기척이 느껴졌다. 나는 입 속에 든 밥을 다 삼킨 다음 고개를 들었다. 내 앞자리는 이미 비어 있었다. 즐거운 소음으로 가득 찬 식당 안에서 나만 혼자가 되었다. 밥알이 모래알 같았다.

밥도 먹는 둥 마는 둥 하고 급식실을 나왔다. 급식실 뒤뜰, 볕이 잘 드는 화단 가에 우리 반 아이들 몇이 모여 있었다. 나는 그 아이들한테로 다가갔다. 뭐든 물어보자 싶은 마음이었지만, 막상 아이들 앞에 서니 무슨 말부터 꺼내야 좋을지 막막했다.

"왜? 우리한테 뭐 할 말이라도 있어?"

아이들 중 하나가 내쏘듯 물었다.

"요즘 우리 반 분위기가 좀 이상한 것 같아서. 내가 모르는 뭔가가 있나 하고."

"뻔뻔한 거짓말쟁이가 우리 반에 있다는 건 알지."

말투나 표정들로 보아 그게 나라고 손가락질이라도 하는

듯했다. 가슴이 불안스레 뛰었다.

"무, 무슨 뜻이야?"

"네가 그랬지. 우리 학교에 임신한 애가 있다고. 그걸 직접 본 게 송혜서라고."

앞이 캄캄했다. '임신'이라는 말이 가시투성이 목걸이가 되어 내 목을 죄는 것만 같았다.

"자, 잠깐만. 나는 그런 얘기 한 적 없……."

"근데, 송혜서는 그런 거 본 적 없다더라. 네가 거짓말한 거라더라. 어떻게 생각해?"

내 말을 자르고 끼어든 아이가 내 눈을 쳐다보며 다그쳐 물었다. 나는 고개부터 힘껏 저었다. 방패처럼 말들도 앞세웠다.

"그렇지 않아. 거짓말 아냐. 같이 봤어. 우리 둘이서 같이 봤단 말야."

"우리, 둘이?"

"혜서랑 나, 우리 둘이."

"무슨 소리야? 혜서는 너랑 말 한마디도 안 하는 것 같던데. 혜서 걔, 만날 소영이랑 둘이 붙어 다니잖아. 그런데 무슨 우리 둘이래? 너 또 거짓말하는 거지?"

"거짓말 아니라니까? 혜서랑 나랑 둘이서 베이비박스 찍으러 다녔단 말이야. 우리 학교 애도 그때 본 거고. 우리 둘이 본 거 맞아."

"그럼 우리 학교 애가 임신한 게 사실이란 얘기야?"

152

"그, 그건……. 그건 잘 모르지만……."

"뭐래, 얘. 말이 앞뒤가 안 맞아."

"아무튼 혜서랑 둘이 본 건 확실해."

"혜서는 분명히 본 적 없댔어. 베이비박스가 뭔지도 모른다고 했고. 그리고 혜서, 너랑 같이 다니지도 않잖아."

억울했다. 나는 뻔뻔한 거짓말쟁이가 아니라고 항변하고 싶었지만 목에 울음만 차올랐다. 그렇다고 이 아이들 앞에서 눈물을 보이긴 싫었다. 그러는 건 내가 거짓말쟁이임을 인정하는 꼴로 보일 터였다.

"심지원, 네가 그렇게 새빨간 거짓말이나 하고 다니니까 베프도 혜서한테 뺏기지. 너 그렇게 안 봤는데 완전 실망이다. 우리 반 애들 다 나랑 같은 마음일걸?"

"그러게. 멀쩡한 앨 임신했다고 몰아붙이질 않나. 목격자가 있다는 거짓말이 안 통하니까 아무 상관 없는 혜서까지 끌어들이질 않나. 연기 학원 다닌다더니 혼자서 아주 영화를 찍어라, 영화를."

"네가 그런 말도 안 되는 루머나 퍼뜨리고 다니니까, 너밖에 모르던 소영이도 너한테서 등 돌린 거 아니겠어?"

아이들의 말이 하나하나 칼날처럼 가슴에 와 꽂혔다. 울지 않고 버티느라 있는 대로 이를 악물어, 나는 어떤 말로도 대응할 수가 없었다. 지금 이 순간, '새빨간 거짓말'이나 '뻔뻔한 거짓말쟁이'보다 더 아픈 것은 베프를 빼앗겼다는 말이었다.

어디로든 숨어 버리고 싶었다. 아무도 볼 수 없는 곳에 숨어서, 나를 간절히 찾는 사람이 있을 때까지 나오지 않았으면 싶었다. 오해해서 미안해, 절실하게 사과해 올 때까지, 아무도 모르는 곳으로 사라지고 싶었다. 그럴 수 있을지 모르지만, 가능하다면.

같이 보고서도 그런 적 없다고 거짓말한 혜서가 원망스러웠다. 내 단짝 자리에서 혜서의 단짝 자리로 옮겨 가 버린, 더구나 우리 반 아이들 눈에 그렇게 비치도록 만들어 버린 소영이가 미웠다.

그날 밤에 본 그 애가 누구인지 혜서는 모르겠지만, 나는 안다. 지금이라도 그 애 이름을 말하면 우리 반 아이들이 내 말을 믿어 줄까.

그날 밤 혜서는 베이비박스 앞을 서성이던 그 아이 모습을 카메라에 영상으로 담았다. 혜서에게 그 동영상이 있노라고 말해 주면 아이들이 내 말을 믿을까.

그러나 나는 둘 중 어느 쪽도 선택할 수 없었다. 어느 쪽도 최상의 선택지는 아니라는 것을 알기에.

아이들이 내 어깨를 거의 떠밀듯이 나를 스치고 지나가 버렸다. 급식실에서 혼자 밥을 먹던 때보다 더 비참했다. 나는 울음 대신 중얼거렸다.

"너희들이 모르는 게 있어."

듣는 이 없는 중얼거림이 외로웠다.

소영

—소영이니? 나 혜서 엄만데.

토요일 늦은 오후, 생각지도 못한 전화에 나도 모르게 의자에서 일어섰다.

"안녕하세요."

고개까지 꾸벅 숙일 뻔했다.

—잠깐, 볼 수 있을까?

"저, 저를요?"

—응. 꼭 할 말이 있어서 그래. 오늘 곤란하면 내일도 좋고.

이런 전화를 받고 내일까지 무슨 상상을 하며 기다릴 수 있을까. 없는 시간도 내야 할 판이었다.

"아뇨, 오늘 괜찮아요."

혜서 엄마가 사거리의 유명 제과점 이름을 댔다. 한 시간쯤 여유가 있는데도 괜스레 마음이 급했다. 감은 머리를 서둘러 말리고 옷을 갈아입으며 혜서에게 전화 걸어 볼까 하다 말았다. 혜서에게 말하지 말라는 당부는 없었지만, 느낌상 왠지 그래야 할 것 같았다.

"다 저녁에 어딜 나가?"

엄마에게 나는 거짓말을 했다.

"요 앞에 잠깐. 친구 만나러."

"누구, 지원이?"

"응? 으응."

대충 얼버무리고 집을 나섰다. 바삐 걸어 제과점 앞에 도착하니 벌써 와서 기다리고 있는 혜서 엄마가 보였다. 조금 떨렸다. 마치 남자 친구의 부모를 만나는 기분이랄까. 문득 재서 오빠가 떠올랐고, 얼굴이 따끈해지려 했다.

나는 호흡을 가다듬고 안으로 들어섰다. 혜서 엄마가 앉아 있는 자리로 다가가 몸을 숙여 인사했다.

"안녕하세요."

"그래, 앉아라."

"네."

나는 혜서 엄마 맞은편에 앉았다. 탁자 위에는 혜서 엄마가 미리 가져다 놓았을 빵 몇 개와 우유가 있었다.

"그날은 나도 경황이 없어서 제대로 인사도 못했네. 다른 애들은 학교에서 열심히 공부하고 있을 시간에 친구 불러다 맥주나 마시고 있는 딸아이 앞에서 어떤 심정이 되는지, 소영이도 나중에 부모가 되어 보면 알 거야."

맥주에 대해서는 그날과 마찬가지로 뭐라 할 말이 없었다. 만약 우리 엄마나 아빠에게 들켰다면 이보다 심하면 심했지, 그냥 넘어가지는 않을 일이었다.

"죄송합니다."

"나한테 죄송할 건 없고. 알아보니 소영이는 성적도 상위권이고 모범생이던데."

소영이는. '는'이라는 조사가 목에 걸렸다. 그럼 혜서는 그

156

반대쪽에 세워 두고 있다는 의미일까. 혜서를 대신해 모욕이라도 당한 것처럼 마음이 서늘해졌다.

"우리 혜서, 어떻게 전학 오게 됐는지는 알지?"

"네."

"문제를 일으켜 강제 전학을 당한 아이라는 꼬리표. 우리나라 같은 사회에선 극복하기 어려워."

그래서 그런 혜서와 친구가 되어 줘 고맙다는 말을 하려는 건가 싶었는데, 이내 혜서 엄마가 말을 이었다.

"그래서 우리 혜서, 유학을 보낼까 해."

깜짝 놀랐다. 유학이 아니라 유배겠죠, 라는 말이 입 안에 고였다. 내놓고 딱 부러지게 말할 수 없는 나 자신이 못마땅했다. 나는 머뭇머뭇 물었다.

"유학에 대해서, 혜서도 알고 있어요?"

"아직. 그동안은 생각만 하고 있었는데 이제 말할 거야. 그날 술에 취해 쓰러져 누운 혜서 보면서 결심했어."

술에 취해 쓰러진 게 아니라, 아빠 생신인데도 각자 등 돌린 부모님 때문에 절망에 취해 쓰러진 거라고, 역시 입 속에서만 말이 맴돌았다.

"소영이한테 부탁이 있어."

꼭 할 말이 있다더니 이제야 나오려나 보다. 나는 긴장이 되었다.

"무슨……?"

"혜서 유학 가는 걸 소영이가 긍정하고 적극적으로 지지해 줘. 지금 혜서랑 가장 가까운 친구니까, 내 말은 안 들어도 그런 친구 말은 들을 거야."

잘 모르겠다. 정말 혜서가 내 말은 귀 기울여 들을지. 지금의 혜서에게 내가 가장 가까운 친구라는 건 뿌듯한 일이지만, 그걸 빌미로 혜서가 원하지 않는 유학을 권하고 싶진 않다. 그럴 권리 따위 내겐 없는 것 같다.

고집스러운 생각들이 이번에도 가슴속에만 맺혔다.

"내 부탁, 들어줄 수 있지?"

나는 어떤 대답도 할 수 없었다.

"혜서를 위해서야. 그저 야자 빼먹고 모여 앉아서 술이나 마시는 친구가 아니라 진정한 의미의 베스트 프렌드라면, 그쯤은 해 줘야 한다고 생각해."

조목조목 차분한 혜서 엄마의 말이 덫처럼 내 앞에 놓였다. 나는 탁자 위의 빵만 내려다보았다.

"그럼 난 그렇게 믿고 갈게."

혜서 엄마가 일어났다. 나도 일어섰다. 고개 숙여 인사하고 나니, 혜서 엄마는 내게서 사라져 있었다.

제과점을 나와 터벅터벅 집으로 걸어가며 마음이 착잡했다. 그날 혜서네 집에 가지 말걸 그랬나 하는 생각도 들었다. 그랬으면 혜서 엄마를 만날 일도 없었을 테고, 이런 부탁을 듣지 않아도 됐을 텐데.

하지만 그랬다면 재서 오빠를 만나는 일도 없었을지 모른다. 그건 좀, 아니 많이 아쉽다. 얼굴을 떠올리면 두근거려지고 혜서만큼이나 가까워지고 싶은 사람이라서.

그런데 재서 오빠가 나같이 소심한 여자애한테 관심이나 있을지. 언제나 명랑하고 그늘 없이 산뜻한 지원이라면 몰라도.

"이소영!"

갑작스런 부름에 가슴이 콩 뛰었다. 생각이 깊어 헛소리가 들리나 했다. 아니었다. 저만치 앞에서 나를 향해 손을 들어 흔드는 사람은 분명 재서 오빠였다. 천천히 걷는 나보다 몇 배는 빠른 걸음으로 재서 오빠가 내 앞에 다가와 섰다.

"너 볼이 빨갛다. 춥니?"

나는 황급히 두 손을 뺨으로 올려 감쌌다.

"아, 아니요."

재서 오빠가 활짝 웃었다. 나도 조금 웃었다. 내가 웃어서인지 재서 오빠 웃음을 봐서인지, 머릿속에 든 혜서 걱정이 엷어졌다.

"혜서 만나러 왔나 봐요?"

"응. 너는?"

"잠깐 바람 쐬러 나왔다가."

거짓말을 할 수밖에 없었다. 혹시라도 알아챌까 봐 이내 덧붙였다.

"집에 가려고요."

"그럼 오늘은 집까지 같이."

눈을 찡긋하고서 재서 오빠가 우리 아파트 단지 쪽으로 발길을 옮겼다. 재서 오빠 옆에서 걸으니 가슴속에 동동 색색의 풍선들이 떴다.

"떨어져 살면 더 보고 싶겠어요."

"혜서?"

"네."

"한집에 살 때보다는 아무래도 그렇지. 자주 못 보니까 싸우는 일도 없고. 서로 더 소중해지는 것도 같고. 그러니까 뭐, 지금 상황이 아주 나쁘지만은 않아."

나도 내 동생들이랑 그렇게 될까. 지금이야 시끄럽고 지긋지긋해도 떨어져 살게 되면 날마다 보고 싶어질까. 동생들의 존재가 더 소중해질까. 외삼촌 집에 갈지 말지 아직은 마음을 정하지도 못했는데 그런 생각부터 들었다.

한편, 혜서가 먼 나라로 유학을 떠나면 재서 오빠는 지금보다 더 외로워지겠구나 싶기도 했다. 조금이나마 위로가 되고 싶어 말을 꺼냈다.

"어쩌면 저도 그렇게 될지 몰라요."

"그렇게? 어떻게?"

"동생들이랑 떨어져 사는 거요."

재서 오빠가 걸음을 멈추고 나를 바라보았다. 안쓰러움이 어린 눈빛에 기대어 지금의 나를 말해 주었다.

"사정이 생겨서 가족들 모두 시골로 내려가게 됐거든요. 저는 아마 외삼촌 집에 얹혀살게 될 것 같아요. 고등학교 졸업할 때까지요."

"그렇구나."

끄덕이며 말하고는 재서 오빠가 다시 걸음을 떼어 놓았다. 재서 오빠도 나도 조용히 걸었다.

괜찮아, 다 잘될 거야. 그런 종류의 말을 보태지 않아서 오히려 편안했다. 아는 사람들끼리만 알 수 있는 감정을 교환한 거라고 생각했다. 지원이하고는 결코 나눌 수 없을 우리만의 동질감. 재서 오빠와 한결 가까워진 느낌이었다.

안타깝게도 금세 아파트 단지 입구에 이르렀다. 나는 아쉬움을 숨긴 채 재서 오빠를 올려다보았다.

"바래다주셔서 고맙습니다."

"극존대는 민망한데."

나는 수줍게 웃었다. 또 얼굴이 빨개졌을까 봐 신경 쓰였다.

"말 놓아도 돼. 동생 친구면 동생이나 똑같지, 뭐."

앞의 말은 친밀감의 표현 같아 기쁜데, 뒤의 말은 명확한 한계 같아 서운했다. 애매한 미소만 짓고 있으려니 재서 오빠가 말했다.

"들어가. 또 보자."

"네. 오빠도 안녕히 가세요."

"혜서처럼 말 놓으라니까?"

나는 그저 웃어 보였다. 손을 까딱이고 돌아서려던 재서 오빠가 갑자기 생각난 듯 물었다.

"참, 지원이는 잘 있지?"

쩽. 내 마음속 어딘가에 시린 금이 갔다.

혜서

열린 엘리베이터 안에 엄마가 서 있었다. 나는 눈길을 벽으로 돌렸다. 내려선 엄마가 물었다.

"어딜 가려고?"

"오빠."

"재서 만나기로 했어?"

"그러니까 나가지."

"집으로 오라고 해."

"싫어."

"혜서야."

엘리베이터가 그새 내려가 버렸다. 다시 올리려고 내려감 버튼을 마구 눌러 대는데, 엄마가 명령조로 말했다.

"잠깐 들어와."

"오빠 기다려."

"잠깐이면 돼. 꼭 할 말이 있어."

"여기서 해."

"너 정말……."

"잠깐이면 된다며."

후우, 엄마가 한숨을 내쉬었다. 엘리베이터가 올라와서 문이 열리는 순간, 엄마가 말했다.

"유학 갈 거야."

누가? 반사적인 질문이 입 밖으로 나오기도 전에 엄마가 줄줄 답을 했다.

"영국. 지금부터 준비해서 이번 학기 마치는 대로 건너가. 아빠하고도 의논 다 됐어. 엄마는 같이 못 가. 홈스테이 할 집을 알아봐 뒀어. 너 어린애 아니니까 혼자서도 잘 지낼 수 있을 거야. 아니, 엄마가 옆에 없는 편이 너한테는 훨씬 낫겠지. 선생님께도 말씀드릴 거야. 그렇게 알고 있어."

눈 앞에서 틈 없이 닫힌 엘리베이터 문이 꼭 내 마음 같았다. 나는 엄마를 노려보았다. 내 눈빛을 고스란히 받으며 엄마가 덧붙였다.

"너를 위해서 결정한 일이야."

"나를 위해서?"

"그래. 너를 위해서. 그게 최선이니까, 그렇게 믿고 따라줘."

"최선인지 아닌지는 누가 판단하는데?"

"내가, 그리고 아빠가. 부모는 자식의 장래를 위해 언제나 최선을 선택하는 사람들이야. 너도 나중에 결혼해서 내 입장 되어 보면 알 거야."

부모가 되어 보면 알 거라는 말만큼 진부한 게 또 있을까.

"둘이 갈라선 것도 최선이었어? 자식을 위해 둘이서 최선의 선택을 한 거였어? 그런 거였어?"

"그거랑 이거랑은 달라."

"다르겠지. 자기들 편리한 대로 끌어다 붙이는 게 부모라는 사람들 논리니까."

"맘대로 생각해. 세월이 흘러야만 이해되는 게 있으니까."

세월. 시간. 그런 것들은 결국 핑계다. 이해시키려는 노력이 성가시니까. 마음으로 다가서는 과정이 버거우니까. 그늘진 마음을 따스한 데로 불러내려는 노력조차 하지 않으려는, 부모라는 이름을 가진 사람들의 허울 좋은 핑계.

"내가 그렇게 부끄러워? 먼 데로 보내 버려야 할 만큼? 눈에 보이지 않으면 평온하게 잘 지낼 수 있을 것 같아서?"

"그런 말은 한 적 없어."

"말로 하지 않아도 알 수 있는 것들이 있어."

"너희 땐 대체로 그렇지. 제멋대로 부풀려서 생각하고 단정해 버리는 버릇."

이건 일방통행. 단단하고 차가운 벽. 도무지 말이 통하질 않는다.

"정말 지긋지긋해."

"너무 늦지 마."

독기 어린 내 말엔 아랑곳없이 지극히 차분한 당부를 남기고는 엄마가 집으로 들어갔다. 엄마와 집을 영원히 등지듯 가장 싸늘한 마음으로 엘리베이터에 올랐다. 속이 부글부글 끓어 대는데 토해 낼 방법이 없다.

그런 내 앞에 지원이가 나타났다. 휴대폰을 손에 꼭 쥔 채 우리 동 앞을 서성이고 있던 지원이가 나를 보더니 애매한 표정으로 다가왔다.

"혜서야."

대답하지 않았다. 지원이랑 말 섞을 기분이 아니었다.

"전화…… 하려다가."

"왜?"

가슴팍을 두 손으로 확 떠밀듯이 물었다.

"전화해도 안 받을 테니까, 그냥 너희 집으로 올라갈까, 그러고 있던 참이었어."

"할 말 있으면 빨리 해. 나 지금 나가는 길이잖아."

"현정이가 그러는데, 베이비박스 앞의 우리 학교 아이, 본 적 없다고 그랬다면서?"

"그랬어."

"그거 거짓말이잖아."

"그래서?"

"혜서야, 너 나한테 왜 그래? 왜 그런 거짓말을 해서 나를 새빨간 거짓말쟁이로 만들어?"

나를 탓하러 왔다. 심지원 이 아이. 자기 잘못은 생각 안 하고 오로지 나만을 탓하러. 그러잖아도 엉망이던 마음이 더욱 진창이 되었다.

"심지원, 너 그거 알아? 거짓말보다 더 나쁜 게 하지 않아야 될 말을 아무 생각 없이 내뱉는 일이라는 거."

"그래, 내가 실수한 건 나도 알아. 그렇지만 악의 같은 게 있어서 그런 건 아니었어. 내 말이 그렇게 엉뚱하게 바뀌어 번질 줄도 몰랐고. 그럴 줄 알았더라면 정말이지 그날 일에 대해선 입도 뻥끗 안 했을 거야."

내 입에서 픽, 웃음이 터졌다. 실소였다.

"그날 내가 경고했잖아. 내 말은 귓등으로 듣고 이제 와서 변명이야? 악의는 아니었다고만 말하면 모든 게 다 용서되는 줄 알아?"

"용서? 내가 무슨 엄청난 잘못이라도 저질렀어? 적어도 나는 그 누구한테도 용서를 빌어야 할 만큼의 잘못은 저지른 적 없어."

"난 있고?"

긍정의 의미인 듯 지원이가 입을 꾹 다물었다.

"그런 뜻이지, 지금? 나는 돌이킬 수 없는 잘못을 저질렀으니 평생 용서를 빌어야 마땅하지만, 너는 결코 그런 적 없다는 얘기를 하고 싶은 거지? 그렇지?"

"나는…… 그런 말은 한 적 없어."

엄마랑 똑같은 말로 버티는 지원이를 보자 엄마로 인해 들끓어 오르던 화가 머리끝까지 치솟았다.

"심지원, 너 참 악질이다."

"뭐? 악질? 악질은 너야, 송혜서. 나한테서 소영이도 뺏어 가고. 나만 거짓말쟁이 만들어서 아이들한테 은근히 따돌림 받게 만들고."

"말은 똑바로 하자, 심지원. 원래부터 너한테 소영이가 베스트 프렌드였어? 아니잖아. 소영이만 널 그렇게 생각했지, 넌 안 그랬잖아. 네 옆에 있을 땐 홀대했잖아. 조금도 소중히 여기지 않았잖아. 그런데 뭐? 내가 소영이를 빼앗아 갔다고? 그게 무슨 놀부 심보야? 부끄럽지도 않아?"

눈물이 고이려는지 나를 쏘아보는 지원이 눈이 촉촉해졌다. 나는 그런 지원이에게서 돌아섰다. 툭툭 땅바닥을 차듯 걸어가는데, 등으로 지원이의 말이 꽂혔다.

"너, 예전 학교에서도 그런 식으로 왕따 시켰어? 연주 그 애, 그렇게 막다른 골목으로 내몰아서 죽고 싶게 만들었어? 그랬던 거였어?"

등을 관통한 지원이의 한 마디 한 마디가 내 심장을 후벼 팠다. 울지 않으려 애썼지만 눈앞이 흐려졌다.

"혜서야!"

나를 부르는 오빠 목소리가 아주 멀리서 울리는 것만 같았다.

2주 전

지원

너한테 소영이가 베스트 프렌드였어? 아니잖아.

소영이만 널 그렇게 생각했지, 넌 안 그랬잖아.

네 옆에 있을 땐 홀대했잖아. 조금도 소중히 여기지 않았잖아.

혜서의 말이 독이 든 가시가 되어 수시로 가슴을 찔러 댔다. 조목조목 맞는 말이라 더 그랬다. 반박하고 싶은데 그럴 수 없어서 더더욱 속이 상했다.

소영이에게 미안한 마음이 들지 않는 것은 아니다. 그렇지만 친구 사이에 오고 가는 마음의 중량이 정확히 똑같을 수는 없는 거다. 다르다 해서 누구의 잘못도 아닌 거라고, 언젠가 아빠와의 대화를 떠올리며 위로를 삼아도 보았다.

168

그래도 혜서가 찌른 독가시는 사라지지 않았다. 왜 원래부터 내 것이던 존재를 빼앗긴 느낌이 깊은지. 왜 소영이에게 배신감 같은 것이 드는지. 누구보다도 친해지고 싶었던 혜서와는 왜 이렇게 최악으로 치닫고 말았는지. 가시와 더불어 절망과도 같은 의문들이 나를 휩쌌다.

그날, 재서 오빠의 눈빛도 잊을 수 없었다. 혜서를 부를 때, 혜서를 바라볼 때의 눈빛과 혜서 어깨 너머로 나를 건너다볼 때의 눈빛은 확연히 달랐다. 내게로 오던 그 눈빛은 어쩌면 경멸. 이제 재서 오빠와도 끝이다. 하긴, 애초에 시작조차 한 적 없는지도 모르지만.

소영이도 혜서 곁에. 재서 오빠는 너무나도 당연히 혜서 곁에. 내 것이었으면 했던 혜서는 내가 아닌 소영이 곁에. 아마 앞으로도 늘.

슬프게도 내 곁에는 아무도 없다. 아무도 남지 않았다.

어쩌다 이렇게 됐을까. 혜서를 욕심냈던 내 마음이 소영이를 내게서 멀어지게 만든 걸까. 혜서와 특별한 사이가 되고 싶었던 내 마음이 그토록 나빴던 걸까? 지나친 욕심이었던 걸까? 이기적인?

나는 그래도 혜서 저를 보호하려고 했던 건데. 엉뚱한 소문이 먹구름처럼 혜서 머리에 드리우지 못하도록 나 나름으로는 노력했던 건데. 혜서는 그런 내 마음을 한 조각도 몰라주고 나를 몰아붙이기나 하고.

우리 반 아이들마저 내게서 등을 돌린다면……. 그렇게는 둘 수 없다. 그렇게까지는 내버려 두지 않겠다. 혜서를 향한 내 선의가 그렇게 엉망진창이 되어 버리도록 두고만 볼 수는 없다.

나는 거짓말쟁이가 아니니까. 나는 진실을 알고 있으니까. 그리고 진실을 말하는 일은 언제나 옳으니까.

학원에서 돌아온 늦은 밤, 그동안 일부러 들어가 보지 않았던 우리 반 단체 대화방에 들어갔다. 몇몇 아이들이 오늘도 시답잖은 이야기들로 자음이 데굴데굴 구르는 웃음을 나누고 있었다. 나도 그 아이들 속으로 끼어들었다.

소영

야간 자율 학습을 마치고 나오는데 교문 앞에서 혜서가 기다리고 있었다. 나는 웃으며 혜서에게 다가갔다.

"비도 안 오는데 어쩐 일?"

"집에 있으면 답답해서."

너도 그렇구나. 너도 나처럼.

나는 혜서의 팔짱을 꼈다. 동지라도 된 듯 푸근하고 든든했다. 우리는 어둠이 내린 거리를 천천히 걸었다.

"혜서야."

"응?"

"나, 멀리 떠나게 될지도 몰라."

아마도 재서 오빠에게서 들은 듯, 혜서는 멀리 어디냐고 묻지 않았다. 잠자코 걷다가 고백하듯 혜서가 말했다.

"나도. 나도 그래, 소영아."

어디냐고 나도 묻지 않았다. 알고 있는 것을 아는 척하는 일도, 모르는 척 새삼스러워 하는 일도 지금은 다 거추장스러웠다. 혜서가 말하고 싶어 하는 데까지만 귀 기울여 들어 주면 되는 것. 지금은 혜서에게 그런 친구가 되고 싶었다.

"소영아."

"응?"

"그래서 너는 그러기로 아주 결정한 거야?"

가족들과 함께 버스도 다니지 않는 산골로 내려갈지, 2년 동안 외삼촌 집에 얹혀살며 눈칫밥을 먹을지, 아직 어느 쪽으로도 마음을 정하지 못했다. 두 가지 다 나에겐 암담한 방향이어서, 그중 하나를 선택해야 한다는 것 자체가 서글프기만 했다.

"아직. 너는?"

"나한테는 결정권이 없어."

엄밀히 따지자면 나 또한 그렇다. 열일곱이란, 가족 구성원 속에서 독립적인 결정권을 갖기엔 무력한 나이. 그런 측면에서 지원이가 절실히 부럽다. 연기자가 되고 싶다는, 어찌 보면 허황돼 보이는 꿈을 부모한테서 지지받고 있으니.

지원이는 지금까지 살면서 죽고 싶을 만큼 아파 본 적이 있

을까? 없을 것이다. 콱 죽어 버리고 싶고 아예 사라지고 싶어
질 만큼 뼈아픈 고민에 시달려 본 적도 없을 것이다. 내가 아
는 한 심지원은 그런 애다.

그래서 싱그럽고 투명한. 때로는 철없어 보이기도 하지만
보고 있으면 사소한 내 걱정거리들 다 잊어버리게 하고 웃음
짓게 하는. 지원이의 그런 면들이 참 좋았다. 한때는. 혜서가
내 친구의 자리로 오기 전까지는.

"나, 영국으로 유학 가래."

"영국……."

유학이라고 할 땐 막연했는데 어느 나라인지 구체적으로
듣고 나니 그 먼 거리가 실감이 났다.

"진짜 멀다."

"너보다 수천수만 배는 더 멀지?"

혜서의 말에 웃음기가 섞였다. 나도 웃으며 끄덕였다.

"그러네."

대답해 놓고 보니 와락 쓸쓸해졌다. 어쩌면 혜서와 나의 연
은 지난 9월부터 지금까지, 겨우 그만큼이었던 걸까. 만약 혜
서가 끝내 유학을 거부한다면. 그러면 우린 지금처럼 이렇게
서로의 가까이에 존재할 수 있을까.

"만약……. 만약에 혜서야. 너한테 결정권이란 게 주어진다
면. 그럼 혜서 넌 어떻게 하고 싶은데?"

"그렇게나 멀리 떠나는 거. 비겁하게 도망치는 것 같아서

172

싫은데. 여기에서 엄마랑 서로 상처만 주고받으니 떠나 보는 것도 하나의 방법이 아닐까 싶은 마음이 들어. 물론 최선은 아니겠지만."

내게도 차선을 택할 수밖에 없었던 순간들이 참 많았다. 차선조차 아닐 때도 있었다. 어쩔 수 없이 그래야 할 때는 나 스스로를 속이곤 했다. 지금의 이 선택들이 언젠가 내 삶의 자양분이 되어 주리라고. 나를 더욱 풍성하게 해 주리라고. 그러니 지금은 차선을 최선으로 여기고 그저 견디라고.

그런데 요즘 같아선 잘 모르겠다. 엄마나 아빠가 살아온 나날처럼 내 인생도 꼭 거기까지만 닿을 것 같다. 아무리 발버둥 쳐도 벗어나지 못하는 늪. 앞으로 내게 다가올 삶이 그럴 것만 같아 슬프다.

적어도 혜서 엄마는 혜서를 위해 최선이라 생각하는 길을 준비해 두고는 있다. 우리 엄마 아빠는 절대 못해 줄 그런 길을 혜서 앞에 열어 주려 하는 것이다. 그러니 나는 혜서 엄마 당부대로 해 주어야 하는 걸까.

"혜서야, 언제나 최선을 선택하면서 살 수는 없어."

"나도 그쯤은 알아요, 이소영 씨."

"그럼 그냥 결정해. 최선인지 아닌지는 세월이 흐른 뒤에야 알 수 있겠지. 지금 내 선택이 최선인지 아닌지는 아무도 몰라. 안 그래?"

"하긴. 그걸 미리 다 알면 사는 게 영 시시하겠지? 재미도 없고."

혜서가 낙담한 투로 말했다. 시시하고 재미없어도 좋으니 나는 내 선택의 결과를 미리 알았으면 좋겠다. 그게 어렵다면 내 선택에 대해 합리적인 조언을 해 줄 존재가 내 주변에 있었으면 좋겠다. 크고 넓고 깊은 어른, 내겐 없는 혜안을 갖춘 그런 사람이.

어느새 교차로에 이르렀다. 혜서네 집과 우리 집으로 가는 길이 갈라지는 사거리.

횡단보도 앞에서 혜서가 물었다.

"너는? 너는 어떻게 하고 싶어? 결정권이 주어진다면 말이야."

최선은커녕 둘 다 차선도 못 되는. 그런 시점에서 과연 나는 어떤 선택을 해야 할까. 모르겠다. 정말 모르겠다. 나는 넌지시 말을 돌렸다.

"요즘은 우리 아파트에 안 오나 봐."

"아, 그때 그 일 있고부터는."

그 아이 엄마에게 뺨을 맞던 혜서. 그때 일은 내게도 선명했다. 혜서를 보며 아팠던 마음도.

"마음은 늘 걸어가고 있는데, 실제로는 못 가겠더라. 거기가 올려다보는 것도 결국 내 이기심인 것만 같아서. 그 애가 잘 지내고 있기를 바라는 거, 그 집에 환히 켜진 불빛만으로 그럴 거라 믿고 싶은 거. 그런 거 다 내 욕심이잖아. 편해지고

174

싶은. 벗어나고 싶은. 그 애가 완전히 괜찮아져야 내 어깨가 가벼워질 것 같은."

나는 조용히 끄덕였다. 마음의 말들은 속에만 두었다.

너 대신 내가 올려다볼게. 내가 매일 그 아이 집 창을 바라다볼게. 그 아이 집에 늘 불빛이 환하기를 기원할게.

혜서와 헤어져 아파트 단지 안으로 들어선 나는 혜서가 곧잘 서 있던 자리에 멈춰 섰다. 혜서가 그랬듯 목을 뒤로 젖히고 맨 꼭대기 층을 올려다보았다. 높고도 먼 불빛이 따스했다. 다행이라고 생각했다.

저 집에 사는 그 애 마음결도 저 불빛을 닮아 따듯하기를. 혜서에게서 비롯되었든 그 누구에게서 시작되었든 남겨진 상처가 조금씩 아물어 가고 있기를. 날마다 평온해져 가고 있기를.

지금 이 순간 나는 혜서가 되어 가만히 기원했다.

혜서

우리 동 입구 화단 앞에서 담배를 피워 물고 서 있는 사람. 아빠였다. 멀리서도 또렷이 구분되는 아빠의 모습이 내 마음에 잔잔한 물결을 일으켰다.

그 애와 얽힌 일이 터졌을 때. 가해자라는 이름이 이마에 낙인처럼 붙은 딸을 차마 믿을 수 없어서 당황하고, 몹시 수치스러워하고, 마침내는 애초에 없었던 일처럼 돈으로 덮으려

하고……. 그랬던 아빠다.

없었던 일로 만들려고 할 게 아니라 나 대신에 그 애 부모님 앞에 무릎이라도 꿇어 주기를 바랐다. 나를 대면하지 않으려 하는 그 애 부모님과 그 애한테 나를 대신해 또 다른 나로서 사죄해 주기를 바랐다.

그러지 않았던 아빠. 차라리 내가 피해자 입장이었으면 했던 아빠. 내 얼굴조차 낯선 사람 보듯 바라보던 아빠. 그랬던 아빠가 미웠다. 말할 수 없이 서운했다. 세상 모든 사람들이 내게서 등을 돌려도 철저하게 내 편이 되어 주어야 했을 아빠라고 생각했기에.

그런데 오늘, 무작정 와서 나를 기다리고 있는 아빠를 보자, 미움과 서운함이 얼마쯤 뒤로 물러나려 했다. 나는 아빠에게로 걸어갔다. 나를 본 아빠가 급히 담배를 비벼 껐다.

"금연한다더니."

어제 보고 오늘 또 보는 것처럼 나는 심상하게 말을 건넸다.

"재서가 그러던?"

아빠도 비교적 담담하게 받았다.

"응."

"그게, 잘 안 되네."

"잔소리하는 사람이 없으니까 그렇지."

아빠가 흐린 웃음을 지었다.

"아빠 추워 보여."

"그러니?"

집에 같이 올라가자, 말하고 싶었다. 올려다본 집은 엄마가 아직 들어오지 않아 불빛 없이 어두웠다. 나는 오던 길을 거슬러 걸음을 뗐다. 아빠가 내 옆으로 와 걸었다.

"나 기다렸어?"

"그래."

"왜?"

"우리 딸 보고 싶어서."

"치, 거짓말."

"거짓말 아니다."

거짓말이래도 좋았다. 짐짓 타박하면서도 내 입가에는 웃음이 고였다. 아빠랑 이렇게 아파트 단지를 산책하는 것이 전생의 일인 듯 아득했다. 서로가 평온함을 가장하고 있건 어쨌건 간에 지금은 이대로 누리고 싶다.

"혜서야."

"응, 아빠."

"엄마 제안. 긍정적으로 생각했으면 좋겠다."

유학을 종용하려고 왔나. 보고 싶어서 왔다는 건 그러므로 진짜 거짓말. 재빨리 스쳐 가는 짐작에 마음이 시렸다.

"엄마 만났나 봐."

"만났다."

"서로 죽어라 외면만 하더니 이럴 땐 의견 일치네."

"자식 일이니까. 둘이서 최선의 결론을 모은 거지."

그놈의 최선. 엄마도 아빠도 최선이라고 어쩌면 이렇게 장담들을 하는지 모르겠다. 이러다간 최선이라는 말만 들어도 두드러기가 돋을 것 같다.

"팍팍한 교육 현실이 싫어서 유학 가고 싶어도, 돈 때문에 부모가 제대로 뒷받침을 못해 줘서 못 가는 애들도 많아."

"그러니까, 돈 많은 부모 밑에 태어난 걸 고맙게 여겨라?"

냉소가 밴 내 말투 탓일까. 아빠 대답도 슬쩍 건들거렸다.

"나쁘진 않잖아?"

지지리 궁상인 집에서 살아 봐야 정신 차리지. 어젯밤에 엄마가 그랬다. 다 자라도록 가난에 찌들어 살았다던 엄마였음을 들어 알기에 곧장 악에 받친 대꾸는 하지 못했다.

소영이라면 어떨까. 외삼촌 집에 얹혀살아야 하는 게 아니라 외국으로 유학을 가는 거라면. 그러면 소영이는 반짝반짝 기뻐하며 받아들일까. 어쩌면 그럴지도. 그러나 나는 소영이가 아니다.

세상 모든 아이들의 경우와 절대적 관점에서 비교하는 건 공정하지 못하다. 각자 저마다의 상황과 고통이 있는 거다. 그러니 평균치를 내는 것도 우스운 일. 소영이에게는 소영이의 잣대를, 내게는 나만의 잣대를 적용해야 하는 것.

떠나는 쪽으로 마음의 무게를 기울이다가도 이렇게 강요당한다 싶으면 반발심이 솟구친다. 오늘 같은 날에는 만나지 못

178

했던 날들의 안부와 서로에게 있었던 소소한 이야기들로 채워도 좋을 텐데.

아빠도 엄마도 아직 멀었다. 마음을 나누는 방법. 오빠에게 좀 배우라, 말해 주고 싶다. 멀리 떠나면 단 하나인 오빠와도 안녕이겠지. 그것이 나에게는 가장 슬픈 일.

문자메시지가 들어왔다. 소영이다.

– 너 대신 봤어. 불빛이 환했어. 그러니까 안심해.

무슨 말인지 이내 알았다. 뭉클했다. 나는 아빠를 등지고 서서 소영이에게 답을 보냈다.

– 고마워.

뭔가 하고 싶은 말들이 가득한데, 마음이 아련해져서 한 마디만 했다.

가족들과 함께 두메산골로 내려가는 것. 여기에서 머무르며 2년 동안의 모멸을 견디는 것. 둘 중에서 소영이는 과연 어떤 선택을 할까. 만일 내가 여기 남는 쪽을 택한다면. 견딤을 원한다면. 그러면 소영이도 후자를 택할까?

문자로 물어볼까 어쩔까 망설이다 다음으로 미루었다. 휴대폰을 주머니에 넣고 뒤돌아서니, 아빠는 조금 떨어진 곳에서 또 담배를 피워 물고 있었다. 아빠의 시선은 밤하늘 멀리 가닿았고, 희뿌연 연기가 차디찬 어둠 속에 번졌다.

나는 아빠가 담배를 다 태우기를 기다려 아빠에게 다가섰다. 아빠가 나를 보았다.

"아빠는, 내가 부끄러웠어."

오래 가슴에 담아 두었던 말을 꺼냈다. 아빠는 부정하지 않았다. 내 눈을 피하지 않고 착잡한 표정으로 한참을 들여다보다가 아빠가 입을 열었다.

"혜서야, 그때 나는⋯⋯. 어떻게 해야 좋을지 몰랐다."

지금은요? 지금은 알아요? 그래서 이토록 오랜만에 찾아와서는 유학이 최선이라고 권유하고 있는 거예요?

잇달아 샘솟는 물음들을 나는 가슴 안에다 눌렀다. 아빠의 속마음을 듣고 알게 된 것만으로도 충분했다. 잘못을 자백하는 것만큼이나 어려운 일이 몰랐음을 인정하는 일이니까. 나로 인해 어찌할 바를 모른 채 허둥거렸을 아빠의 시간들이 비로소 아프게 다가들었다.

"미안하다, 혜서야."

죄송해요. 제 잘못이에요. 다 저 때문에 일어난 일이에요. 어른들 앞에서 그런 말들로 잘못을 비는 건 지금까지 모두 내 차지였다. 그때 나는 두려웠다. 나로 하여 한 생명이 세상을 아주 떠나 버릴 뻔했다는 사실이.

당연히 내 잘못이라 여겼다. 시시비비를 가리는 일도 부당하게 느껴졌다. 아예 없던 일로 치부하고자 했던 아빠를 이해할 수 없었다.

오늘, 아빠의 사과가 나를 따뜻이 어루만지는 것 같았다. 결코 네 잘못만은 아니라고 다독여 주는 것 같았다. 평생 지고

180

가야 할 죄책감이라는 무거운 굴레를 아빠가 나누어 져 주는 것만 같았다.

어디에서 살건, 이젠 억울함 없이 찬찬히 견뎌 낼 수 있으리라는 생각이 들었다. 나는 아빠를 향해 끄덕였다.

지원

축제는 강당에서 열렸다. 화려한 무대를 색색의 조명들이 비추었다. 흥겨운 음악이 이끄는 떠들썩한 분위기에도 내 마음은 우중충한 장마철이었다.

무대 위에서는 노래며 춤이며 악기 연주며 단막극이며, 다들 장기를 뽐내느라 열심이었다. 관객석에서는 아이들의 박수와 환호가 끊임없이 터져 나왔다. 그들 속에서 나는 혼자였다.

대각선으로 뻗어 나간 자리에 나란히 앉아 있는 소영이와 혜서가 보였다. 무리 속에 있으면서도 단둘만이 존재하는 듯, 특별한 두 사람. 축제의 들뜬 파도에 휩쓸리지 않은 것은 나와 같지만, 나와는 달리 둘이었다.

우리 학교 출신 아이돌 가수가 초대 손님으로 무대에 올라섰을 때는 와르르 일어선 아이들의 함성으로 강당은 물론이고 학교 전체가 떠나갈 듯했다. 누가 내 어깨를 함부로 두드린 것도 그 순간이었다. 처음엔 몰랐다. 일어나 열렬히 환호하는 뒷자리 아이와 몸이 부딪친 거라 생각했다.

다시금 어깨가 심하게 흔들렸고, 나는 고개를 돌렸다. 나처럼 표정이 어둑한 여자애가 나를 보고 있었다. 무대 말고는 대체로 어두웠지만 나는 그 애가 누군지 바로 알아보았다. 쿵, 가슴에 바윗돌이 내려앉았다.

내게서 뒤돌아선 정아가 총총 강당을 걸어 나갔다. 나는 정아를 뒤따랐다. 따라오라는 소리는 없었지만 그래야 할 것 같았다.

강당 밖 싸늘한 복도에서 정아가 나를 기다리고 있었다. 문하나를 사이에 두고 강당 안과 밖이 전혀 다른 세계처럼 느껴졌다. 나는 주춤주춤 정아 쪽으로 다가갔다. 바윗돌이 내려앉았던 가슴이 불안스레 뛰어 댔다.

나는 거짓말은 하지 않았어. 내 눈으로 본 그대로를 말했을 뿐이야. 나는 거짓말쟁이가 아니야. 내가 나에게 건네는 말들이 가슴속에 거품처럼 일었다.

"나를 봤어?"

정아가 물었다. 살짝 떨리는 목소리였다. 나는 두 번 고개를 끄덕였다.

"어디서?"

"베이비박스."

"너 혼자?"

잠깐 망설이다가 대답했다.

"아니. 둘이서."

"또 누구?"

"송혜서."

"그렇지만 내 이름을 말한 건 너잖아."

내게 달려드는 정아의 눈빛이 날카롭게 기른 손톱 같았다. 나는 이내 끄덕이지 않았다. 메신저 단체 대화방에서 내가 그랬다. 우리 반 아이들에게 정아라는 이름을 내가 말했다. 그럴 수밖에 없었다고 말하고 싶었지만 변명으로 들릴 게 분명했다.

"왜 그랬어?"

"나, 우리 반 애들한테 거짓말쟁이로 몰리고 있었어. 있지도 않은 일을 있었던 것처럼, 본 적도 없는 일을 실제로 본 것처럼 꾸며 말한 애가 됐단 말이야. 거짓말이 들통나니까 애먼 혜서까지 목격자로 끌고 들어간, 그런 애가 돼서 은근히 따돌림을 당했단 말이야. 그래서 어쩔 수 없었어. …… 미안해."

"처음에 임신 얘기 흘린 것도 너지?"

"그건……. 그건 정말 잘못 알려진 거야. 난 그렇게 말한 적 없어. 그냥, 거기서 너를 봤다는 얘기만 했는데. 그땐 네 이름도 꺼내지 않았어. 우리 학교 학생이라고만 했지, 너라고는 정말 말하……."

"난 아냐."

한결 마음이 놓였다. 정아를 위해서도 나를 위해서도 임신 그런 건 아니어야 했다. 그 밤에 거긴 왜 갔는지, 왜 베이비박스를 바라보며 서성였는지 궁금했지만 참았다. 그런 걸 묻기엔 내 앞의 정아가 너무나도 절박해 보였다.

"난 아니라고."

"그래, 알았어."

"뭐? 알았다고? 알았다고 그러면 다야? 온 학교에 소문이란 소문은 다 퍼뜨려 놓고, 알았다고만 하면 다냐고!"

절규에 가까운 정아의 외침이 빈 복도에 메아리치다가 부메랑이 되어 내 가슴으로 꽂혔다.

"온 학교에……는 아니야. 그렇게는 아니야, 정아야."

"내 이름, 부르지 마."

나는 입을 꾹 다물었다. 용서받지 못할 죄를 저지른 죄인이 되어 버린 느낌이었다. 젖은 눈에 너울대는 불꽃을 담고서 나를 노려보던 정아가 획 돌아섰다. 나는 멍하니 서서, 복도 저 끝으로 뛰어가는 정아를 바라보았다.

정아가 시야에서 사라지자 다리에 힘이 풀렸다. 나는 스르르 그 자리에 주저앉았다. 바닥이 나를 밀쳐 내듯 차가웠다.

1주 전

소영

축제의 열기가 물러가고 늦여름 해변 같아진 학교에 거대한 해일이 들이닥쳤다. 정아라는 이름과 임신이라는 타이틀이 함께. 1학년부터 3학년까지 몇몇의 정아들이 교무실이나 상담실로 불려 갔다.

나는 정아가 내 이름만큼이나 흔하다는 것을 알게 되었고, 솔직히 말하면 수상한 소문 속의 이름이 소영이가 아니어서 안도감마저 들었다.

소문의 진위 여부를 가리기보다는 소문의 진원지를 찾는데에 더 집중하는 아이들도 있었다. 여러 버전으로 들려오는 소문 속 스토리에는 어김없이 베이비박스가 등장했다. 그래서 나는 정아의 이름이 등장하는 그 소문의 시초가 우리 셋 중

하나임을 알았다.

우리 셋, 이라는 건 베이비박스와의 연결점에만 해당된다. 혹시 내가 누구에게 말실수라도 했는지 곰곰 생각해 볼 것도 없이 셋 중에서 나는 빼야 했다. 베이비박스를 소재로 한 동영상 제작 작업에 대해 혜서와 지원이 말고는 누구와도 대화를 나눈 적이 없으니까.

혜서를 제외하는 일도 어렵지 않았다. 누구에게도 곁을 주지 않기로는 우리 학교에서 혜서만 한 애가 없으니까. 나한테도 하지 않은 이야기를 혜서가 다른 누군가에게 귀띔했을 리 없다.

그렇다면 남은 건 지원이다. 지원이라면 얼마든지 그럴 수 있으리라는 결론에 이르자, 마음이 서걱거렸다. 지원이 흠을 잡으려는 의미에서는 아니었다. 그 어떤 악의도 없이 그저 순진무구하게. 비스킷을 깨물어 먹는 일처럼. 지원이라면 그러는 게 가능하고 또 자연스러워서였다.

결정적으로 이즈음 지원이는 무척 의기소침한 모습이었다. 말수도 눈에 띄게 줄었고, 소리 내어 웃는 법도 없고, 평소의 지원이답지 않게 대체로 고요했다. 그런 지원이를 바라보는 내 마음은 여러 갈래로 흘렀다.

언제나 투명한 햇빛 아래에서만 살아오던 너도 이제 축축한 동굴의 나날을 한 번쯤은 겪게 되겠지.

네 주변에 당연한 듯이 존재하던, 너를 아끼고 사랑하는 사람들이 네게서 등을 돌릴 때. 그럴 때 어떤 기분이 드는지 너도 느끼게 되겠지.

무슨 일이 생기더라도 전적으로 네 편에 서 주는 친구의 소중함을 비로소, 절실히 깨닫게 되겠지.

그리고 네게 그렇게 해 주는 친구가 혜서도 그 누구도 아닌 바로 나, 이소영이라는 것을 그제야 알게 되겠지.

나는 조금 슬펐다. 지원이를 두고 여러 갈래로 흐르는 마음도 그렇지만, 이런 일에 떠밀려서야 나를 오롯이 바라보게 될 지원이가 야속하고 미웠다.

혜서가 먼 나라로 떠나고도 내가 여기에 남아 견디며 살기를 선택한다면, 그건 오로지 지원이 때문인 것을. 이 해일이 다 지나간 뒤에도 지원이는 아마 모를 것이다.

혜서

"선물을 하고 싶어."

보자마자 앞뒤 다 떼고 들이밀었는데도 오빠는 미간을 찌푸리거나 난처한 기색을 짓거나 하지 않았다. 그저 커피가 담긴 기다란 종이컵을 건네며 기다렸다.

"어떤 게 좋을까? 송재서는 여자애들한테 선물 많이 줘 봤잖아."

"왜 나를 과거가 화려한 사람으로 만들어?"

나는 웃었다.

"오빠 화려한 거 맞거든?"

오빠도 웃었다.

"떠나기 전에. 그 애한테. 부담스러울 정도로 값나가진 않지만, 가만히 들여다보고 있으면 왠지 모르게 마음이 따듯해지는 그런 것으로. 그렇지만 준 사람이 누군지는 모르게. 뭐가 좋을까?"

"소영이한테는?"

"소영이랑은 멀리 떨어져 있어도 영영 안녕은 아닌 거니까. 메일로든 손 편지로든 다른 것으로든 우린 서로 닿아 있을 거니까."

"그렇게 말하니까 실감이 나네."

오빠 말 끝자락에 설핏 그늘이 어렸다.

"걱정 마. 소영이한테 메일 한 번 쓰면 오빠한테도 한 번. 꼭 그럴 테니."

"감동의 눈물이 펑펑."

후후, 내 웃음에 오빠 웃음소리도 섞였다. 감동일지라도 눈물은 싫고, 눈이 펑펑, 내렸으면 좋겠다. 한겨울이 오려면 아직 더 있어야 하지만.

"선물, 생각해 보자."

나는 끄덕였다. 생각해 봐야 할 게 선물의 종류만은 아니었다. 그 애한테 어떻게 전달할 것인가, 과연 주는 사람이 나인지 모르게 할 수 있을 것인가도 포함됐다.

"마음은 정한 거야?"

"거의."

오빠가 끄덕였다. 나는 커피를 마셨다. 말없이 커피를 마시다가 문득 오빠가 물었다.

"나도 갈까?"

"미쳤어?"

"나도 간다!"

"미쳤구나!"

툭탁툭탁 농담처럼 주고받았지만, 고마웠다. 무작정 같이 간다고 말해 주는 사람. 그 한마디, 존재 자체만으로도 힘이 되니까.

"참, 심장이 내 준 숙제는 했어?"

심장욱 선생님이 숙제로 내 준 시화에 넣을 시 한 편. 한 줄도 쓰지 못했다.

"아니. 안 한댔잖아. 그리고 축제도 이미 끝났어."

"축제는 어땠어?"

"그저 그랬어."

"방금 생각난 건데."

오빠가 말을 술술 잇지 않고 한 템포 쉬었다. 나는 오빠를 빤히 쳐다보았다. 내 눈길을 마주 보며 오빠가 말했다.

"선물 말이야. 그 숙제로 하면 어떨까?"

"시?"

"응."

나는 뭐라 할 말이 없어 머뭇거렸다.

"값나가진 않지만 가만히 들여다보고 있으면 왠지 마음이 따뜻해지는 그런 것. 딱이잖아? 시는 그 시를 쓴 사람의 영혼이니까. 아주 적절한 선물이 될 것 같다는 생각이 반짝 들었어."

쓴 사람의 영혼이라……. 시만 그럴까. 글이나 그림이나 노래나 다 지은이의 영혼이 깃들게 마련일 터. 하지만 그중에서 내가 가장 잘할 수 있는 건 글이다. 그러니 오빠 생각에 기꺼이 동의해야 할까.

"어때?"

오빠가 한 손으로 턱을 괴고서 물었다. 나는 잠시 생각에 잠겼다. 그 애에게 선물할 내 영혼의 조각 한 점. 심장욱 선생님에게는 코웃음 치듯 대꾸했지만 지금은 그러지 못하겠다. 생각의 틈새로 오빠가 스며들었다.

"엽서를 만들자."

"엽서?"

"액자에 넣은 시화는 일단 크기부터가 너무 커서 받는 사람도 부담스러울지 모르니까. 엽서는 서랍에 아무렇게나 넣어 두거나 책갈피에 꽂아 두거나 뭐 그럴 수도 있고. 어쨌든 바탕 그림은 내가. 탁월한 미적 감각으로 근사한 작품을 그려 주겠어."

엽서라면 그 애 손에 들어가기도 훨씬 쉬워질지 모른다. 누가 보냈는지 모를 익명의 엽서일 뿐이니까. 그리고 엽서라면 반드시 시가 아니어도 좋을 것이다. 내내 잘 지내라는 말, 단한마디여도 괜찮을 것이다. 엽서니까. 엽서엔 원래 마음 한 조각을 담아 보내는 법이니까.

"심장보다 한술 더 뜨시네."

오빠가 크크 웃었다. 악동 같은 웃음을 보니 서양 영화에 걸핏하면 나오는 대사처럼 다 잘될 것 같은 기분이 되었다.

지원

"지원. 너네 학교에 이상한 소문이 돈다면서?"

학원에 가려고 집을 나서는데 엄마가 물었다. 가슴이 찰랑 내려앉았다.

"무슨 소문?"

모르는 척 시치미를 떼며 되물었다.

"몰라? 아이들뿐만 아니라 엄마들 사이에서도 소문이 파다하게 퍼졌다던데. 나도 오늘에야 들었네. 너네 학교 학생이 아이를 가졌……."

"난 그런 거 몰라."

다급히 말을 자르자, 엄마가 의아한 표정을 지었다.

"너 요즘 좀 이상하다?"

"뭐가."

"뭔가 좀 멍한 게. 넋을 어디다 반쯤은 떼어 놓고 다니는 애 같아. 혹시 학교에서 무슨 일 있는 건 아니지?"

"일은 무슨 일. 그런 거 없어."

"그 소문 그거, 허무맹랑한 헛소문이겠지?"

"당연하지. 엄마는 그럼 그걸 믿으려고 했어?"

"아니, 그게……. 아이 이름까지 구체적으로 들먹여지니까. 아무 근거 없이 그런 말이 돌진 않을 거 아냐. 게다가 목격자도 있대요."

쿵, 쾅, 쿵, 쾅. 심장이 거칠게 뛰어 댔다.

"엄마."

"왜?"

"엄마는…….."

사람들이 다 내게 손가락질을 해도 엄마는 안 그럴 거지? 내 앞에서 그 손가락질 막아 줄 거지? 그렇지?

"엄마는 뭐?"

"아니야."

"얘가 왜 말을 하다 말아? 너 용돈 떨어졌어?"

"아냐. 나 학원 늦겠다. 갔다 올게."

나는 서둘러 현관문을 나왔다. 무거운 걸음으로 엘리베이터에 오르자마자 휴대폰이 울렸다. 낯선 번호였다. 고개를 갸웃하며 받으니, 대뜸 심지원 학생이냐고 물었다.

"네, 제가 심지원인데요."

―나, 정아 엄만데.

둥둥둥둥, 가슴속에서 북소리가 무섭도록 요란하게 울렸다. 나는 떨리는 목소리로 간신히 인사를 했다.

"아, 안녕하세요."

―좀 봤으면 하는데. 지금 시간 낼 수 있을까?

"지, 지금요?"

―없어도 내 줘야겠어.

강압이라고 할 수는 없지만 정아 엄마의 말투에는 거스르기 힘든 권위 같은 게 배어 있었다. 나는 힘없이 끄덕였다.

"네."

정아 엄마가 일러 준 장소로 걸어가는 동안 온갖 생각이 머리를 스쳐 갔다. 어떤 이야기가 나올지 충분히 짐작되었고, 그에 대해 어떻게 대답해야 할지도 대강 정리해 봤지만, 죄인이 된 심정에 불안함만 새록새록 커졌다.

정아 엄마는 커피 전문점 2층의 구석진 자리에 앉아 있었다. 창밖을 내다보며 혼자인 모습을 보고 정아 엄마라는 걸 한눈에 알아보았다. 친구들과 곧잘 오던 곳에 친하지도 않은 아이의 엄마와 이렇게 불편한 느낌으로 마주 앉으니 입이 딱 붙어서 떨어지지 않았다.

"내가 무슨 일로 보자고 했는지는 알겠지?"

"……네."

"우리 정아가 요즘 물 한 모금도 제대로 못 삼키고 있어."

너 때문에, 라고 말하는 것 같았다. 절로 눈길이 아래로 떨어졌다. 나는 탁자 위만 뚫어져라 내려다보았다.

"듣자니까 너, 연기 학원 다닌다더라?"

뜻밖의 물음에 고개를 들었다.

"너 혹시 우리 정아를 대상으로 연기 실습이라도 한 거였어?"

"네?"

나는 얼떨떨한 얼굴을 하고 정아 엄마를 바라보았다.

"왜 없는 말을 지어내서 남의 집 멀쩡한 딸을 더러운 소문의 구렁텅이로 처박느냐 이거야. 아무리 생각해 봐도 그럴 이유가 없어서 하는 소리야."

"없는 말은…… 아닌데요."

"없는 말이 아니면? 우리 애가 정말 그렇다는 거야?"

"그, 그게 아니라요."

"그게 아니면?"

정아가 제 엄마에게 어디까지 이야기했는지 알 수 없으니 한 마디 한 마디가 조심스러웠다.

"그게 아니면 뭐냐고. 말을 해, 말을!"

정아 엄마가 흥분해서 다그쳤다. 이제 곧 화를 터뜨리며 자리에서 일어나 손찌검이라도 할 것만 같았다.

나는 두려웠다. 엄마 생각이 간절했다. 차라리 엄마한테 다 털어놓을걸 그랬다. 정아와 얽힌 사연들, 학교에 퍼진 소문들,

은따가 되다시피 해 버린 나, 그리고 지금 정아 엄마에게 불려 나오게 된 것까지, 이리로 오기 전에 엄마에게 다 말할걸 그랬다.

"너 정말 나쁘구나. 터무니없는 거짓말로 여러 사람 피 말리게 해 놓고 이제 와서 입 닫고 있으면 어쩌겠다는 거야?"

"제가, 봤어요."

"뭘?"

"……."

"뭘 봤는데?"

"정아요. 정아가 베이비박스 앞에 서 있는 걸 봤어요. 그날 밤에요. 베이비박스 앞에서 고민하듯 한참을 서성거렸어요. 정아가 그랬어요. 저만 본 거 아니에요. 다른 애도 같이 봤어요. 정말이에요. 저 터무니없는 거짓말한 거 아니에요. 그리고 임신이니 뭐니, 그런 말은 입 밖에 올린 적도 없어요. 그냥, 베이비박스 앞에서 우리 학교 아이를 봤다는 얘기만 했어요. 그 말이 그렇게 엉뚱하게 번질 줄은 정말 몰랐어요. 근데 우리 반 아이들이 자꾸만 저를 거짓말쟁이 취급하고 따돌려서, 그래서 어쩔 수 없이 정아 이름을 말하게 된 거였어요. 처음부터 정아라고 말하진 않았어요. 저는 그냥……."

"누구야?"

정아 엄마가 내 말을 끊으며 찌르듯이 물었다. 나를 보는 정아 엄마의 눈빛이 축제 때 복도에서 본 정아 눈빛처럼 푸른

불꽃을 품고 있었다.

"같이 봤다는 다른 애가 누구냐고."

"그건……."

"말해."

"아줌마."

"어서 말하라고!"

"송……."

"송? 송 누구?"

"……혜서요."

결국, 말하고 말았다. 혜서 이름을 입에 올리고 말았다. 한 번 시작되면 도중에 멈출 수 없는 폭발적인 연쇄의 고리처럼, 정아 이름을 입 밖에 낸 순간 오늘을 예감했던 건지도 모르겠다. 돌이킬 수 없다고 생각하니 비에 흠뻑 젖은 듯 후줄근한 체념 같은 게 밀려왔다.

"송혜서라면, 왕따 문제 일으켜서 강제 전학 왔다는 그 애?"

"……네."

"너 그 애랑 친하니?"

"네?"

어리둥절해서 되물었다.

"송혜서라는 애하고 친하냐고."

친하냐는 말이 너무도 막막하게 들렸다. 친해지고 싶었다. 가까워지고 싶었다. 특별한 사이가 되고 싶었다. 그러나 그뿐.

196

내 소망은 쓸쓸히 부서져 버렸다. 아니요, 그렇게 친하진 않아요, 라고 대답해야 좋을까. 그렇지만 그러기는 싫다. 나는 잠자코 있었다.

"밤에 둘이서 같이 그런 곳에. 친하니까 그런 거겠네. 안 그래?"

적어도 그땐. 아주 친하진 않았어도 지금처럼 나쁘지는 않았으니까. 그래서 나는 고개 젓지 않았다.

"이제 알겠네. 유유상종이라지. 송혜서라는 애랑 너. 둘이 똑같으니까 그런 소문이나 만들어 퍼뜨리고 다니지. 뭐? 우리 정아를 봤다고? 정아는 학교랑 학원이랑 집밖에 모르는 애야. 그런 밤 시간에 우리 정아가 베이비박슨지 뭔지 하는 그런 곳에 가 있었을 리가 없어. 어디서 또 빤한 거짓말을. 너 진짜 못 쓰겠다. 너네 부모님이 그렇게 거짓말이나 하고 다니라 가르치시던?"

이 일과는 아무 상관 없는 엄마 아빠까지 들먹이다니. 분해서 눈물이 솟구쳤다. 나는 눈물을 머금고서 정아 엄마를 원망스레 쳐다보며 말했다.

"거짓말 아니에요. 혜서가 그날 정아 모습을 찍었단 말이에요."

정아 엄마의 눈초리가 날카롭게 올라갔다.

"혜서랑 저랑 베이비박스를 소재로 동영상 제작 작업을 하던 중이었거든요. 그날 밤도 그것 때문에 거기 있었던 거고요.

누가 베이비박스 앞에 나타나길래 일단 카메라에 담기 시작했는데, 그게 정아라는 걸 저는 알아봤던 거예요."

"우리 정아는 거기 간 적 없다."

그건 마치 선언과도 같았다. 그러니까 너는 지금 새빨간 거짓말을 하고 있는 거라고, 손가락으로 나를 콕 짚어 가리키고 있는 것만 같았다. 나는 고개를 두 번 세 번 연거푸 저었다.

"아니에요, 아줌마. 거짓말은 정아가 했어요. 정아는 분명 거기에 왔고, 저와 혜서는 그 광경을 봤어요."

"너 정말 맹랑한 애로구나."

"아줌마, 왜 제 말을 못 믿으세요?"

정아 엄마가 벌떡 일어났다. 그 서슬에 탁자 위의 물컵이 휘청 흔들렸다. 나는 눈물이 그렁그렁한 눈으로 정아 엄마를 올려다보았다.

"왜 못 믿는지 가르쳐 줄까? 확인되지도 않은 일을 사실처럼 떠벌리고 다니는 아이여서. 그것으로도 모자라서 동영상이 있다느니 하는 소리로 어른을 협박까지 하는 아이여서. 그래서 나는 네 말 못 믿어. 절대. 알겠어?"

선고를 내리듯 말하고서 정아 엄마는 차갑게 돌아섰다. 나는 두 손에 얼굴을 묻었다. 이토록 끔찍하고 절망적인 날은 태어나 처음이었다. 이런 자리에서 이렇게 수모를 겪으리라고는 상상조차 해 본 적이 없었다.

엄마와 아빠가 보고 싶었다. 그렇지만 지금 당장 전화를 걸

수도 달려갈 수도 없었다. 자초지종을 알게 되면 엄마도 아빠도 내게 말할 것 같았다. 내 잘못이라고. 다 내가 잘못한 거라고. 전부 내 잘못에서 비롯된 일이라고.

그런 비난에 대해 아니라고 자신 있게 대꾸할 수 없다는 게 그 무엇보다도 암담했다. 눈물로 두 손이 젖었다. 얼굴이 젖었다. 온 마음이 젖었다.

맑은 날이 다시는 오지 않을 것만 같은 두려움.

세상에 나 혼자 남겨진 것만 같은 막막함.

당장 어디로 가야 할지, 무엇을 해야 좋을지, 지금으로선 아무것도 알 수 없었다.

소영

사람이라면 누구에게나 다 상처가 있다는 말. 누구나 다 자기만의 상처를 지니고 산다는 말. 믿지 않은 적이 더 많았다.

설혹 그렇다 할지라도 상처의 중량은 사람마다 달라서, 충분히 극복해 낼 수 있는 종류와 절망에 휘청거리게 하는 종류로 나뉘는 거라고. 전자의 경우 아프다는 외침은 결국 엄살에 불과하다고, 진짜 상처에서 오는 아픔을 몰라서 그러는 거라고, 고집스럽게 생각해 왔었다.

그런데 요즘은 그런 생각이 흔들리고 있었다. 내 안의 상처를 가장 잘 들여다보는 사람은 자기 자신이라서. 상처의 중량이 문제가 아니라 상처를 감당하는 깊이와 시간이 사람마다 달라서. 그러므로 어느 누구도 다른 사람의 상처를 함부로 재단하고 판단하지 못하는 거라는 쪽으로 생각이 기울고 있었다.

저기, 커피 전문점 유리창 너머 반짝이는 불빛 아래 혼자 앉은 지원이를 바라보고 있는 이 순간에도, 그런 생각이 밀려든다. 세상에 오로지 혼자만 남겨진 사람처럼 아득한 저 모습이라니.

지금은 야간 자율 학습이 끝난 밤. 학원에 가 있어야 할 지원이는 대체 언제부터 저러고 앉아 있었을까. 무심코 올려다보지 않았으면 걸음을 멈추지도 않았을 텐데. 도저히 그냥 지나쳐 갈 수 없어서 나는 휴대폰을 꺼냈다.

– 지원아.

문자로나마 이름을 불러 보았다. 휴대폰을 열어 보는 지원이가 보였다. 빠르지도 늦지도 않게 답이 왔다.

– 소영아.

내가 그러했듯이 똑같은 부름. 혜서가 전학 오기 전 우리 둘의 일상 같다. 배타적인 둘만의 친밀함은 아니지만, 그럭저럭 평온한 관계. 언제든 손 내밀면 손끝이 닿고 웃음도 나누는 그런 사이. 문득 마음이 아릿해져 왔다. 나는 다시 문자를 보냈다.

– 뭐 해?

지원이의 답은 조금 틈을 두고서 왔다.

- 그냥.

나는 '그냥'의 의미가 숨김인지 귀찮음인지 생각해 봤다. 귀찮음이 아니기를 바라며 다시 물었다.

- 어디야?

지원이는 이번에도 머뭇거리듯 사이를 두었다가 답을 주었다.

- 학원.

거짓말을 해서 감추려는 지원이의 마음 풍경이 서름하게 와 닿았다. 귀찮음은 아니지만 숨김이라는 것. 나는 역시 지원이에게 첫 번째가 아닌 사람, 이라는 뜻. 쓸쓸해져서 또 불렀다.

- 지원아.

지원이는 이내 답을 하지 않았다. 그 묵묵함에 대고 나는 편지 쓰듯 글자들을 찍었다.

- 나는 집에 가는 중이야.

여전히 침묵.

- 이 길을 걷는 것도 얼마 남지 않았나 봐.

그게 무슨 소리야? 라고 지원이 특유의 맑은 목소리가 다가들 줄 알았는데, 저기 앉은 지원이는 조용했다. 나는 혼자 대답했다.

- 나. 이제 곧 먼 데로 가게 돼. 버스도 안 다니는 산골짜기로.

이젠 마음을 정한 거니? 나 스스로에게 물었다. 아마도. 내 안의 내가 중얼거렸다. 내 손가락들이 지원이에게 문자로 마음을 보냈다.

– 그동안 나…… 많이 힘들었어.

사람은 누구나 다 자기 상처와 아픔을 지니고 있는 거라는 말을 해 주고 싶었던 건지도 모른다. 너 혼자만 상처받은 게 아니라고. 너만 아픈 게 아니라고. 저마다 자기 등에 짐을 짊어지고 걸어가고 있는 거라고.

– 너도…… 많이 힘들었지?

너의 세계는 그저 투명하고 밝기만 할 거라 여겼던 내 판단을 접는 것. 너의 아픔을 인정하는 것. 끄덕여 주는 것. 내 물음은 그런 의미였다. 그러나 지원이는 휴대폰만 들여다볼 뿐, 아무 말도 하지 않았다.

너는 나를 필요로 하지 않는구나. 우린 이미 멀어져 버렸구나. 네가 앉아 있는 거기와 내가 서 있는 여기가 이렇게나 멀어서, 우리는 마주 바라보지 못하게 되어 버렸구나. 나를, 나의 소중함을 느낄 겨를조차 없게, 너는 멀리.

원망이랄지 자책이랄지 서운함이랄지 후회랄지 안타까움이랄지 외로움이랄지, 여러 가지 감정이 낙엽처럼 내 마음의 밭을 뒹굴었다. 나는 휴대폰을 움켜쥔 채, 멀리 있는 지원이로부터 뒤돌아섰다. 차디찬 밤바람이 내 등을 떠밀었다.

어제

지원

나는 섬이다.

서른 명 남짓한 우리 반 아이들 속에서 홀로 둥둥 뜬.

어쩌다 눈길이라도 부딪치면 어색한 웃음을 흘리며 고개를 돌리는 얼굴들. 노골적으로 외면하는 얼굴들도 있다.

나는, 지금의 나를 어떻게 해야 좋을지 모르겠다. 심지원이라는 아이는 어디론가 사라져 버리고 난생처음 보는 또 하나의 심지원이 내 몸에 들어와 내가 되어 살아가고 있는 것 같아서. 이런 나를 어떻게 견뎌야 하는 건지…… 알 수가 없다.

나는 이런 스토리를 원하진 않았다. 좀 더 상큼하고 흥미진진한 스토리면 좋았을걸. 이럴 바에야 스토리 따위 하나도 없이 무미건조한 나날인 편이 낫겠다.

– 딸. 엄마가 예쁜 패딩 점퍼 하나 봐 뒀는데. 저녁에 사러 갈까?

엄마의 문자가 다른 세계에서 날아온 것처럼 낯설다. 나는 울음을 참고 엄마의 세계로 타전한다.

– 학원 가야지.

– 열심이다 이거지? 오케이. 파이팅.

파이팅, 이란 말. 오늘따라 슬프다. 나는 누구와도 파이팅하기 싫은데. 파이팅은 너무 힘들고 지치는 일인데.

– 답 떼어먹기 없다.

투정 섞인 문자에 마지못해 엄마가 원하는 답을 보냈다.

– 파이팅!

엄마는 모르고 있다. 학교에서 내가 얼마나 외로운지를. 내 '파이팅!'은 어쩌면 도와달라는 외침이라는 것을.

점심시간엔 아빠에게서 전화가 왔다.

—지원. 연극 연습은 잘돼 가?

아빠는 모르고 있다. 요 며칠 내가 연기 학원에 가지 않았다는 사실을. 연극 연습은커녕 요즘 내 마음이 얼마나 황량한지를. 학교에서 섬으로 떠다니는 내 모습을.

"응, 잘돼 가고 있어."

나는 거짓말을 했다. 아빠에게 말할 때 유리창에 비친 내 얼굴과 입가엔 희미한 미소까지 어려 있었다.

—공연이 다음 주랬지?

"응."

—아빠 꼭 보러 간다. 알지?

"꽃다발 들고?"

—당연하지!

나는 웃었다. 공허한 내 웃음소리가 전화 저편의 또 다른 세계로 날아갈 것이다. 그러나 아빠는 그 또한 모르고 있다.

지금으로선 엄마도 아빠도 타인 같다. 몇 걸음 비켜선 곳에 있는 사람들. 나를 모르니까. 나를 말할 수 없어서, 지금의 내 마음을 알지 못하니까. 알지 못해서, 나를 온전히 이해하지 못하는 사람은 전부 다 남이다.

무엇보다도 나는 지금의 나, 이런 내 모습이 마음에 들지 않는다.

내가 아닌 내가, 죽고 싶도록 싫다.

싫다.

혜서

학교 끝나고 집으로 가는 길에 아파트 단지로 막 접어들었을 때, 내 옆을 지나던 차가 경적을 울렸다. 돌아보자, 반쯤 내려간 차창 안에서 누가 내게 손짓을 했다. 나는 길가로 비켜섰다. 차에서 내려선 사람은 엄마 또래의 여자였다.

"네가 송혜서니?"

몰라서 묻는 게 아님을 직감했지만 나는 침착하게 대답했다.

"네, 제가 송혜선데요."

"나 정아 엄만데, 잠깐 얘기 좀 할까?"

정아라는 아이, 나는 모른다. 그 밤, 어둠 속에서 뒷모습과 옆모습만을 봤기 때문은 아니다. 지원이가 그 이름을 발설하기 전까지는 얼굴도 이름도 몰랐다. 물론 관심이라곤 한 톨도 없었다. 정아라는 애가 아기를 가졌건 아니건, 그것 또한 나하고는 아무 상관 없는 일이다.

"왜요?"

"왜요?"

내 말을 고대로 따라 하며 정아 엄마가 어처구니없다는 표정을 지었다.

"저는 정아가 누군지 몰라요."

"그래?"

"네."

"온 학교에 파다한 소문, 너랑은 상관도 없다는 뜻이겠지?"

"네."

정아 엄마의 눈가에 엷은 주름이 그려졌다.

"그럼 전 가 볼게요."

나는 목례를 하고 돌아섰다.

"잠깐만."

정아 엄마가 내 앞을 막아섰다.

"너한테 동영상이 있다던데. 사실이야?"

뭐라고 대답해야 할지 망설여졌다. 그날 밤의 촬영분이 있긴 하지만 없는 것과 마찬가지다. 왜냐하면 나는 그 영상을 어떤 방식으로든 사람들 앞에 내보일 생각이 없으니까. 게다가 있다고 하면 카메라를 보자고 할 테고, 확인한답시고 내가 찍어 둔 모든 영상을 샅샅이 뒤질 터.

"없어요."

설명하기 성가셔서 거짓말을 했다.

"너 왜 거짓말을 하니?"

딸을 둔 엄마들은 이럴 때를 위해 예민한 촉수라도 하나씩 갖고 있나 보다. 저 표정이며 말투며, 꼭 우리 엄마를 보는 것 같다.

"거짓말 아닌데요. 없어요, 진짜."

"심지원이란 애는 반대로 말하던데?"

결국 지원이가 말했구나. 자기 결백을 위해 나를 끌고 들어갔구나. 지원이는 견딤이란 걸 도무지 모른다. 자기 힘으로는 조금도 견디려 하지 않고 주변 사람을 쉽사리 끌고 들어간다.

"걔가 거짓말을 했겠죠."

"너는, 그런 식이구나."

냉정하게 느껴질 만큼 차분하던 정아 엄마의 말투가 은근한 경멸조로 바뀌었다.

나는 튀어 오르듯 물었다.

"뭐가요?"

"필요할 땐 친한 사이처럼 굴다가, 아니다 싶으면 내치고

등 돌리는 거. 모르는 체하는 거."

"말씀이 지나치시네요."

"지나친 건 너야. 그 빳빳한 태도하며. 어른한테 기본 예의
도 없이 제 할 말 꼬박꼬박 다 하고 있잖아."

"저희 부모님께선 저를 해야 할 말도 못하는 바보로 키우진
않으셨거든요."

"기가 막혀서……."

나야말로, 라는 오기가 치솟았다. 나는 정아 엄마를 빤히 쳐
다보았다. 우리 엄마였다면 마음껏 노려봐 주었을 것이다.

"너 같은 애랑 긴말하기 싫으니까, 얼른 집에 들어가서 그
카메라나 갖고 와."

"그건 제 건데요."

"누가 내 거래? 네가 찍었다는 동영상만 지우고 돌려줄 거
야."

"그런 거 없다고 했잖아요."

"너 왜 자꾸 거짓말을 하니? 애 하나 죽는 꼴 또 보고 싶어
서 그래?"

나도 모르게 뒷걸음질을 칠 뻔했다. 목이 졸리는 느낌에 가
쁜 숨을 토해 내듯 입술을 열었다. 싸늘한 저녁 공기가 목으
로 스며들었다.

"너 때문에. 너 때문에 우리 애 죽어 나가는 꼴 봐야 직성이
풀리겠어?"

"왜…… 왜 나 때문이에요? 잘 알지도 못하면서 떠들고 다 닌 건 지원인데, 왜 나 때문이라고 하세요? 왜요? 네?"

뒤로 물러서는 대신 나는 한 걸음 앞으로 다가서서 앙칼지 게 소리쳤다. 울음이 섞여들지 않도록 무진 애를 쓰느라 목이 아팠다.

"그러니까 그 카메라만 좀 달라는 거 아냐."

"싫어요!"

"얘가 어디서 어른한테 바락바락 대들……."

"혜서야!"

엄마 목소리다. 지금, 정아 엄마의 말을 잘라 내며 날아든 엄마 목소리가 반갑기도 하고 무섭기도 했다. 이제 이것은 엄마의 일이 되었다. 그리고 나는 엄마에게 또 한 번 문제를 일 으킨 딸이 될 것이다.

"혜서야."

나를 부르는 엄마 목소리가 바로 곁에서 났다. 고개를 틀었 다. 엄마 모습이 흐릿했다. 어쩐 일인지 내 두 눈에 물안개가 가득했다.

"무슨 일이시죠?"

엄마가 정아 엄마에게 사뭇 도전적으로 물었다. 나는 몸을 돌려 집을 향해 걸었다. 곧 눈물 흥건해질 얼굴을 그 누구에 게도 보여 주고 싶지 않았다. 뒤에 남겨진 엄마와 정아 엄마, 둘 중에서 먼저 언성을 높인 사람이 누구인지, 굳이 헤아리려고도 하지 않았다.

그저, 어디론가 아주 사라져 버리고 싶다는 마음. 그 어딘가가 작고 따뜻한 굴속이면 좋겠다.

소영

늦은 밤 집에 들어서는 내게 엄마가 기어드는 목소리로 우리 집이 팔렸다고 했다.

엄청난 대출금과 이자를 감당할 수 없는 데다 사겠다는 이가 좀처럼 나서지 않아 우리가 살 때보다 헐값에 집을 내놓았다고도 했다. 아빠가 출근하지 않게 된 지 제법 지났으니 어쩔 수 없는 일이다.

이제 시골로 내려가는 일만 남은 건가.

요즘 엄마와 아빠는 말수가 급격히 줄었다. 불같던 다툼도 홀쩍 줄어들어 그나마 다행이라 해야 하나. 서로 열렬히 할퀴고 상처 입히는 것도 희망이 있을 때만 해당되는 과정일지 모른다.

미래에 대한 아무런 희망도 없이, 오래도록 고여 있는 물처럼 살아가는 일도 그리 나쁘지만은 않을 것이다. 지극히 평온하게, 천 년 동안 아무 일도 일어나지 않은 사람들처럼. 적어도 엄마와 아빠에게는.

그렇다면 내게는 어떤 빛깔의 나날이 이로울까.

나는 아직도 궁리 중이다.

오늘

지원

오늘, 혜서가 결석을 했다.

조례 시간에 담임이 덤덤히 혜서의 병결을 알렸다. 그러나 담임이 교실에서 나가자마자, 정아 엄마가 혜서네 집에 쳐들어갔다는 둥, 혜서가 이젠 강제 전학도 못하고 자퇴한다는 둥, 흉흉한 소문들이 무성했다.

아이들은 나를 흘끔거렸다. 지원이 때문에 혜서가……. 아이들의 수런거림 속에 자주 등장하는 말이었다.

나는 이따금 혜서의 빈자리를 돌아다보았다. 혜서 짝 소영이가 그늘진 이마를 하고 휴대폰을 들여다보곤 했다. 내 마음에도 어두운 그늘이 내렸다.

3교시가 끝났을 때, 정아도 오늘 학교에 오지 않았다는 소식이 들려왔다. 나는 정아네 반으로 숨듯이 걸어갔다. 복도 창으로 넘겨다본 정아네 교실은 우리 반보다 더 어수선했다.

들어가서 뭔가를 물어볼 수도 선뜻 돌아설 수도 없는. 두 발에도 심장에도 무거운 돌덩이가 매달린 것만 같았다.

수업 시작종이 울려 어쩔 수 없이 뒤돌아서는데, 목덜미로 돌멩이 같은 말 한마디가 날아들었다.

"너 때문에!"

나는 걸음을 멈추었다. 아니, 숨을 멈추었다.

"심지원! 너 때문에 정아가 학교를 그만둔대! 알아?"

온몸이 굳었다. 고개를 젓고 싶었다. 맹렬히 소리를 지르고 싶었다. 어째서 나 때문인 거냐고, 내게 달려드는 목소리를 향해 마구 퍼붓고 싶었다.

그러나 나는 그럴 수 없었다. 모든 것이 내게서 시작된 일. 부정할 수 없는 진실 앞에서 나는 그 어떤 선택도 할 수 없었다.

나를 둘러싼 이 세계에서 아주 사라지는 것밖에는.

혜서

열에 들뜬 꿈이 깊었다.

새하얀 눈밭에 점점이 찍힌 발자국들. 그 애, 연주의 것이었다. 맨발로 혼자서 어디론가 하염없이 걸어가는 그 애를 놓칠세라, 나는 이것이 꿈이라는 것을 알면서도 빠져나올 수가 없었다.

뒤따라가며 이름을 불렀다. 가위에 눌린 것처럼 목소리가 나오질 않았다. 그럼에도 그 애가 걸음을 멈추었다. 연주가 아니었다. 어둡던 골목 안에서 불안하게 서성거리던 그 뒷모습. 정아였다.

가지 마.

나는 나오지 않는 목소리로 애원했다.

아무 데도 가지 마. 여기 있어. 제발.

소리가 되지 못한 말들이 내 가슴에 맺혔다. 정아가 다시 앞으로 걸어갔다. 눈밭에 흉터 같은 발자국들이 찍혔다.

가지 마.

내 목에 울음처럼 잠긴 말에 정아가 걸음을 멈추었다. 나를 돌아보았다. 그 애 얼굴을 보는 순간, 나는 소스라치게 놀랐다. 이젠 정아가 아니었다. 지원이였다. 지원이는 울고 있었다. 눈물이 어룽져 젖은 얼굴이 아련히 멀었다.

이름을 부르고 싶었는데 지원이가 고개를 돌렸다. 한 걸음, 또 한 걸음 앞으로. 지원이가 내게서 점점 멀어져 갔다. 지원이가 걸어가고 있는 먼 그곳에 무엇이 있는지 나는 알았다. 꿈의 세계에서는 그냥 알아졌다. 그러니까 거기는 깊디깊은 낭떠러지. 차디찬 벼랑. 영원한 끝.

나는 고개를 힘껏 저었다. 손을 길게 뻗었다. 닿지 않았다. 지원이를 따라 뛰고 싶었지만 내 두 발은 꽁꽁 묶여 움직이지 않았다.

그러지 마. 그러지 마. 그러지 마.

내 귀에조차 들리지 않는 말들이 눈물에 휩쓸려 떠내려갔다.

"혜서야. 혜서야!"

누군가가 나를 꿈에서 불러냈다. 나는 눈을 떴다.

여기는 병실. 어젯밤 엄마와 마구 싸우던 기억, 휴대폰을 거실 바닥에 내동댕이치던 기억, 방문을 잠그고 숨어든 침대에서 고열과 몸살에 시달리던 기억, 참다못해 기어 나간 새벽녘 엄마 방의 문을 주먹으로 두드려 대던 기억이 차례로 떠올랐다.

그리고 내 눈앞에는 소영이가 있었다.

"혜서야……."

안타까운 부름과 함께 소영이가 내 이마를 짚었다.

"나쁜 꿈을 꿨어."

"그런 것 같았어. 이젠 괜찮아. 그건 다 꿈이잖아. 괜찮아."

괜찮아, 라는 말은 언제 어디에서건 이상하게도 마음 저 깊은 데를 건드린다. 공연히 눈시울이 뜨끈해져서 나는 창 쪽으로 시선을 돌렸다. 창밖은 어느새 어스름이 내린 저녁이었다.

"이 시간에 학교에 안 있고 어떻게."

"그냥 나왔어. 학교도 영 어수선하고, 네가 궁금하기도 하고, 또……."

"지원이……."

"지원이 왜?"

214

"지원이한테 할 말이 있어."

너 때문이 아니라고. 너는 그저 의도하지 않은 약간의 실수를 한 것뿐이라고. 우리는 누구나 다 알게 모르게 조금씩은 실수를 하고, 크고 작은 잘못도 저지르며 산다고. 그러니 무엇이 어떻게 되건 그 어떤 경우에도 너 때문은 아닌 거라고. 그리고 나도 너에게…….

꿈속이 아닌 현실의 지원이에게 꼭 말해 주어야만 했다.

"나도. 나도 그래, 혜서야. 나도 지원이한테……."

나는 아직도 무거운 머리를 힘겹게 끄덕여 보였다. 소영이가 나직이 중얼거렸다.

"그런데…… 지원이가 멀어."

무슨 의미인지 알 것 같았다. 내게도 지원이는 멀다. 지금은.

"소영아."

"응?"

"지원이 좀 찾아 줘."

"그래."

대답과 함께 소영이가 내 손을 감싸 쥐었다. 밤새 나를 괴롭히던 열기와는 다른, 부드러운 따듯함. 어쩐지 마음이 놓였다.

소영

"지원이 아직 안 들어왔는데?"

나를 보며 활짝 웃는 지원이 엄마. 표정도 말투도 여느 때

와 똑같았다. 그래서 나는 지원이가 보충수업이 시작되기 직전에 가방을 싸 들고 교실에서 나가 버렸다는 말은 하지 않았다. 아니, 할 수가 없었다.

"학원으로 바로 가려나? 전화 한번 해 봐."

"네."

"참, 소영아!"

"네?"

"곧 시골 내려간다지? 엄마한테 들었어."

"아……. 네."

"서운해서 어떡하지? 우리 지원이가 그래서 요즘 내내 시무룩한가 봐."

그건 아니라고, 그런 게 아니라고 말을 해야 하나 어쩌나. 거의 자매처럼 지낸다는 엄마한테 아무 말도 하지 않은 지원이 대신 내가 나서서 말하는 게 과연 옳은지, 자신이 없다. 망설이고 있으려니 지원이 엄마가 말했다.

"떠나기 전에 지원이랑 같이 뭉치자. 맛있는 거 먹게. 아줌마가 거하게 쏠 테니까."

"네, 고맙습니다."

나는 웃으며 꾸벅 고개를 숙였다. 지원이 엄마도 웃는 얼굴로 한 손을 들어 까딱였다.

지원이네 집에서 돌아 나오는 길, 어두워진 하늘에서 작고 하얀 것들이 무수히 흩어져 날리기 시작했다. 눈이었다. 올해의 첫눈.

나는 고개를 한껏 젖혀 올리고는 새하얀 눈송이들을 바라
다보았다.

지원아. 너 지금 어디 있니? 혼자 어디서 무슨 생각을 하고
있니? 너도 나처럼 이 눈을 보고 있니?

간절한 물음을 안고서 나는 다시 혜서에게로 걸어갔다.

문자메시지

－첫눈이 내려.

마치 먼 나라에서 날아든 엽서처럼 소영이의 문자는 그 다섯 글자로 시작되었다.

너도 지금 어딘가에서

나처럼 저 하얀 눈송이들을 보고 있겠지?

지원아.

나……, 혜서야.

나는 숨을 멈추었다. 소영이 이름이 떠서 당연히 소영인 줄 알았다.

내 전화가 고장 나서 소영이 전화로 해.

어젯밤에 엄마한테 심통 부리느라 전화를 깨 먹었거든.

소영이가 너 꽁꽁 숨어 있어서 못 찾겠다고 그러더라.

그래서 지금 내가 너 찾고 있는 거야.

부르고 있는 거야.

너한테 하고 싶은 말이 있어.

너도 나한테 하고 싶은 말 많지?

그럴 거라고 생각해.

어디 있어?

이럴 줄 알았으면 약속 같은 거 해 두는 건데 그랬지.

첫눈 내리는 날 만나자, 뭐 그런 거.

어디에 있든 서로에게로 쪼르르 달려오기.

지원아.

지금을, 우리, 그런 약속이라고 생각하면 어떨까.

너하고 나, 처음 약속.

마침 첫눈도 예쁘게 내려 주시고,

너랑 나는 아직 멀고.

남친도 아닌데 내 맘대로 약속해서 미안.

그래도 화는 안 낼 거지?

아니, 화내도 괜찮아.

괜찮아.

그러니까 기다릴게.

여기에서 너를.

약속 지키러 나한테 올 때까지.

기다릴게.

눈시울이 와락 젖어 들었다.

여기까지 올라오게 된 마음 저 밑바닥에 혜서에게로 향한 원망이 웅크리고 있다는 것을 깨달았다. 야속해서 더욱 서러워진 그 마음이 내 등을 가장 힘껏 떠밀었다는 것도.

혜서의 그 애는 이루지 못했지만 내가 성공해 버리면. 그러면 혜서가 평생 나를 생각하겠지. 내내 후회하고 아파하며 나를 기억하겠지……. 그런 마음.

하지만…… 그런 걸 과연 기억이라고 할 수나 있을까. 어쩔수 없이 떠안게 된, 그래서 가능하면 떼어 내 버리고 싶은 죄책감에 불과하진 않을까.

기억이라면 소중히 간직하고 싶어져야 하는 걸 텐데. 언제 꺼내 봐도 흐뭇해지는, 첫눈을 기다리는 약속처럼.

문자메시지가 흐릿해졌다. 나는 손등으로 눈물을 닦아 냈다. 글자들이 두 눈에 또렷이 담겼다.

저물녘, 종일 앓으며 방에 누워 있을 때, 내 이마에 가만히 얹히는 손길 하나. 많이 아팠지? 혼자서 많이 힘들었지? 다정하게 물어 오지 않아도 느껴지는 은은한 온기. 지금 이 순간 혜서의 문자가 내게는 그랬다.

처음이니까 두 번째 세 번째를 기대해도 좋겠지. 그럴 수 있겠지. 처음 약속을 지키면 아마도. 죄책감에 얼룩진 기억 따위로 오래도록 간직되는 건 싫으니까. 혜서뿐만 아니라 그 누구에게도.

220

엄마와 아빠 얼굴이 떠올랐다. 소영이 얼굴도 그려졌다. 심할매라고 놀려 대는 심장욱 선생님 목소리가 바로 곁에서 들리는 것도 같았다. 그리고 정아 모습까지도……. 모두에게 미안했다.

나는 고개 들어 세상을 바라보았다. 젖은 눈을 깜박여 하늘을 올려다보았다. 어두운 하늘에서 첫눈이 소담스럽게도 내려오고 있었다. 눈물이 지나간 얼굴로 작은 눈송이들이 살금살금 부딪쳐 왔다. 그다지 시리지는 않았다.

혜서에게서 다가든 첫눈 같은 약속을 나는 다시금 들여다보았다. 글자들에 스민 혜서의 마음을 읽었다. 고마워, 라고 대답했다.

엘리베이터 속 소녀를 안타까이 지켜보던 기억이 난다. 먼 하늘로 오르는 그 엘리베이터에서 혼자 외로웠을 소녀를 당장 꺼내오고 싶었다.

많이 힘들지? 그렇지만 다 지나간단다.

외로운 그 시간들을 지나온 사람으로서 말해 주고 싶었다. 꺼내 올 수만 있다면.

소설 속에서만이라도 슬픈 결과를 바꾸어 놓고 싶었다. 간절한 바람을 담아 초고를 쓰고 얼마 뒤, 깊은 바다 아래로 커다란 배가 잠겼다. 눈부시게 푸르른 아이들도 함께.

어떤 글도 쓸 수 없었다. 아이들 손을 붙들고 땅 위로 데려오고 싶다는 마음만 아득했다. 그 아득한 절망을 오래 기억하겠다.

책이 나오기까지 여러모로 애써 주신 아동청소년문학팀 편집자 분들께 감사드린다.

꿈을 품고 한 걸음씩 나아가는 아들 현수에게 응원과 당부를 보낸다.

내일, 대단한 무엇이 되지 않아도 괜찮아. 오늘, 즐겁게 걸어가고 있는 지금이 가장 소중하니까. 행복한 그 순간들이 곧 꿈인 거니까.

열일곱 살이던 나를 떠올려 본다. 지원이였고, 소영이였고, 혜서였던 나날들을.

열일곱 살의 하루들을 되새겨 본다. 지원이였고, 소영이였고, 혜서였던 친구들을.

하나같이 애틋하다.

엘리베이터 속의 시간을 견디고 다시 세상으로 걸어 나온, 그리고 걸어 나올 모든 아이들을 꼭 껴안고서 가만히 속삭여 주고 싶다.

고마워.

2015년 11월
진희

첫눈이 내려

2015년 11월 20일 1판 1쇄
2022년 1월 31일 1판 3쇄

지은이 진희

편집 김태희, 김민희, 배정옥, 나고은 | 디자인 권지연
제작 박흥기 | 마케팅 이병규, 양현범, 박은희 | 홍보 조민희, 강효원

인쇄 천일문화사 | 제책 정문바인텍

펴낸이 강맑실
펴낸곳 (주)사계절출판사 | 등록 제406-2003-034호
주소 (우)10881 경기도 파주시 회동길 252
전화 031)955-8588, 8558 | 전송 마케팅부 031)955-8595 편집부 031)955-8596
홈페이지 www.sakyejul.net | 전자우편 literature@sakyejul.com
블로그 skjmail.blog.me | 페이스북 facebook.com/sakyejul | 인스타그램 instagram.com/sakyejul

ISBN 978-89-5828-922-7 44810
ISBN 978-89-5828-473-4 (세트)